没有爱的怜悯是干呕的冰冷灵魂，
伏天的蔚蓝天空令人紧张和疲累，
营救者突入布满地雷的地区，
救不活别人，自己也不准备赴死。

Pity without love is the dry soul retching,
The strained, weak azure of a dog-day sky,
The rescuer plunging through some thick-mined region
Who cannot rescue and is not to die.

桂冠诗人诗选

尼古拉斯·布莱克 **桂冠推理全集**

The Widow's Cruise

游轮魅影

尼古拉斯·布莱克 著
张白桦 译

上海文艺出版社
上海故事会文化传媒有限公司

尼古拉斯·布莱克桂冠推理全集（全16册）编委会

总策划：夏一鸣
主　编：黄禄善
副主编：陶云韫

编辑成员

（按姓氏笔画为序排列）

丁娴瑶　王琦　田芳　吕佳　朱虹　孟文玉

赵媛佳　夏一鸣　陶云韫　黄禄善　曹晴雯　彭元凯

名家导读

提起英国黄金时代侦探小说的代表性作家，很多人马上就会想到阿加莎·克里斯蒂（Agatha Christie, 1890-1976）。确实，这位昔时光顾伦敦侦探俱乐部的"常客"，自出道以来，累计创作悬疑探案小说81部，总销售量近20亿册，是地地道道的"侦探小说女王"。不过，在当时的英国，还有一位男性侦探小说家，其创作才能一点也不亚于阿加莎·克里斯蒂，只不过他的身份比较显赫，甚至有点令人生畏。尼古拉斯·布莱克（Nicholas Blake, 1904-1972），这个生于爱尔兰、长于伦敦、后来活跃在诗坛的"怪才"，不但拥有牛津大学和哈佛大学教授、英国桂冠诗人、大不列颠功勋骑士、战时宣传口掌门、左翼社会活动家等多种显赫身份，还在出版大量彪炳史册的诗歌集、论文集、译著的同时，客串侦探小说创作，成就十分突出。说来让人难以置信，他创作侦探小说的原因竟然是囊中羞涩，无法支付居住已久的房屋的维修费。在给自己的诗友、同为桂冠诗人的斯蒂芬·斯潘德（Stephen Spender, 1909-

1995）的信中，他坦言，因为担心失业，一直想写些可以盈利的书。于是，一套以"奈杰尔·斯特雷奇威"（Nigel Strangeways）为业余侦探主角的悬疑探案小说诞生了。

该套小说共计16部，始于1935年的《罪证疑云》（*A Question of Proof*），终于1966年的《死后黎明》（*The Morning after Death*），陆续问世后，均引起轰动，一版再版，畅销不衰，并被译成多种文字，风靡欧美多地。直至今天，这套作品依然作为西方犯罪小说的经典被顶礼膜拜。《纽约时报》《泰晤士报文学增刊》《每日电讯》等数十家报刊连篇累牍地发表评论，称赞这套小说是西方侦探小说的"杰作"，"值得倾力推荐"。知名小说家伊丽莎白·鲍恩（Elizabeth Bowen）说，尼古拉斯·布莱克"拥有构筑谜案小说的非凡能力"，"在英国侦探小说史上独树一帜"。当代著名评论家尼尔·奈伦（Neil Nyren）也说，尼古拉斯·布莱克不愧为"神秘小说大师"，"在西方侦探小说从通俗到主流的文学转型中起着重要作用"。[①]

人们之所以热捧尼古拉斯·布莱克，首先在于这套悬疑探案小说构筑了16个扑朔迷离的故事情节。尼古拉斯·布莱克熟谙黄金时代侦探小说的各种创作模式，在他的笔下，既有引导读者亦步亦趋的"谜踪"，又有适时向读者交代的"公平游戏原则"；既有转移读者注意力的"红鲱鱼"，又有展示不可能犯罪的"封闭场所谋杀"。而且，一切结合得十分自然，不留任何痕迹。譬如，该系列的第二部小说《死亡之壳》（*Thou*

[①] Neil Nyren. "Nicholas Blake: A Crime Reader's Guide to the Classics", https://crimereads.com, January 18, 2019.

Shell of Death），功勋飞行员费格斯不断收到匿名威胁信，断言他将在节日当天毙命。以防万一，费格斯请来了破案高手奈杰尔·斯特雷奇威。然而，劫数难逃，在节日家宴后，费格斯还是神秘死亡。凶手究竟是谁？为何要选择节日当天谋杀他？谋杀动机又是什么？种种线索指向参加节日家宴的、有可能从谋杀中获益的一些嘉宾，其中包括富有传奇色彩的女探险家乔治娅·卡文迪什，她与费格斯来往甚密。与此同时，奈杰尔·斯特雷奇威也开始调查死者费格斯鲜为人知的过去。又如该系列的第四部小说《禽兽该死》(The Beast Must Die)，故事以侦探小说家弗兰克的日记开头，讲述他6岁的儿子突遇车祸，肇事司机逃逸，由此他悲愤交加，展开了追查禽兽的历程。故事最后，复仇者锁定嫌疑人，并潜入嫌疑人家中，准备实施谋杀。然而，当东窗事发，弗兰克却坚称自己无罪。事情真相究竟如何？弗兰克是有罪，还是无罪？奈杰尔·斯特雷奇威依据严密的推理，做出了出乎众人意料的判断。再如该系列的第14部小说《夺命蠕虫》(The Worm of Death)，开篇即以死者之口预告了自身的死亡，设置了"自杀还是谋杀"的悬念。死者名为皮尔斯·劳登，是一个医学博士，他的尸体突然出现在泰晤士河中，全身只穿有一件粗花呢大衣，手腕处还有数道相同的刀伤。奈杰尔·斯特雷奇威奉命介入调查，似乎所有家庭成员都对死者抱有敌意，所有人都有强烈的作案动机，包括深受博士喜爱的养子格雷厄姆，次子哈罗德，还有小女儿瑞贝卡——死者曾坚决反对她与艺术家男友的婚恋。随着调查深入，家中发生的又一起死亡事件陡然加剧了紧张局势。恶意谋杀仍在继续，奈杰尔·斯特雷奇威不得不加快脚步。与此同时，他也在一艘腐烂的驳船上发现了令人毛骨悚然的事实真相。

不过，尼古拉斯·布莱克毕竟是驰骋在诗坛多年的"桂冠诗人"，他在构筑上述扑朔迷离的故事情节的同时，还有意无意地融入了许多纯文学技巧。故事行文优美，引语典故不断，清新、优雅的风韵中又不乏幽默，尤其是在刻画人物的心理和展示作品的主题方面狠下功夫。一方面，《酿造厄运》(There's Trouble Brewing)通过一家酿酒厂里的奇异命案，展现了资本家的贪婪、人性的扭曲和底层劳动者的苦苦挣扎；另一方面，《深谷谜云》(The Dreadful Hollow)又通过偏僻山村一系列匪夷所思的恐怖事件，展示了一幅幅极其丑陋的贪婪、嫉恨、复仇的图画；与此同时，《雪藏祸心》(The Corpse in the Snowman)还通过侦破豪华庄园一起诡异的"闹鬼"事件，反映了二战期间英国毒品的泛滥和上流社会的骄奢淫逸、人性丑陋。最值得一提的是《游轮魅影》(The Widow's Cruise)，该书的故事场景设置在希腊半岛东部的爱琴海上，与阿加莎·克里斯蒂的《尼罗河上的惨案》有异曲同工之妙，两者均通过游轮上一起离奇古怪的命案，揭示了人性的弱点与步入歧途的道德激情。

一般认为，尼古拉斯·布莱克对英国黄金时代侦探小说的最大贡献是塑造了栩栩如生的学者型业余侦探奈杰尔·斯特雷奇威这个人物形象。在他的身上，几乎汇集了之前所有业余侦探的人物特征。他既像吉·基·切斯特顿(G. K. Chesterton, 1874-1936)笔下的"布朗神父"，善于同邪恶打交道，洞悉罪犯的犯罪心理；又像阿加莎·克里斯蒂笔下的"前比利时警官波洛"，在与人的交往中十分随和，富有人情味；还像多萝西·塞耶斯(Dorothy Sayers, 1893-1957)笔下的"彼得·温西勋爵"，风度翩翩，敏感、睿智、耿直的外表下蕴藏着几丝柔情。然而，比这些更重要的是，他还像尼古拉斯·布莱克及其几个诗友，温文尔雅，具有牛津大学教育背景，是个学者，以中古时期英格兰和苏格兰诗歌为研究对象，出版有多部相关专著，断案时喜欢"引经据典"。每每，他卷入这样那样的复杂疑案调查，或受朋友之嘱、亲属之托，如《罪证疑云》《雪藏祸心》；或直接听命于警官，如《饰盒之谜》(The Smiler with the Knife)、《谋杀笔记》(Minute for Murder)；或路见不平，拔刀相助，如《暗夜无声》(The Whisper in the Gloom)、《游轮魅影》。

如此种种不凡的作者自身形象和人生轨迹，还屡见于小说的场景设置和其他人物塑造。譬如《亡者归来》(Head of a Traveler)和《诡异篇章》(End of Chapter)，两部小说均设置了文学领域的疑案场景，而且案情也以"诗歌"为重头戏。前者描述奈杰尔·斯特雷奇威敬仰的大诗人罗伯特·西顿的美丽庄园发生的无头尸案，其人物原型正是尼古拉斯·布莱克昔时崇拜的偶像威·休·奥登（W. H. Auden, 1907-1973）；而后者聚焦某出版公司编辑的一部书稿，许多细节描写来自尼古拉斯·布莱克二战期间担任国家宣传口负责人的经历。又如《罪证疑云》和《死后黎明》，两部小说也都以尼古拉斯·布莱克熟悉的校园生活为场景，案情分别涉及英国的一所预备学校和一所以哈佛大学为原型的卡伯特大学，其中，前者的嫌疑人迈克尔·埃文斯的不幸遭遇，与尼古拉斯·布莱克早年在中学从教的经历不无相似。他被指控谋杀了校长的侄子，还与校长的年轻妻子有染。正是这些原汁原味、源于生活又高于生活的描写,使它们被誉为"校园谜案小说的经典"。

　　自 20 世纪 30 年代起,尼古拉斯·布莱克的这套悬疑探案小说被陆续改编成电影、电视和广播剧,有的还被改编多次,如《禽兽该死》,其中包括 1952 年阿根廷版同名电影和 1969 年法国版同名电影,后者由克劳德·夏布洛尔(Claude Chabrol, 1930-2010)任导演。出演奈杰尔·斯特雷奇威一角的则分别有格林·休斯顿(Glyn Houston, 1925-2019)、伯纳德·霍斯法(Bernard Horsfall, 1930-2013)和菲利普·弗兰克(Philip Franks, 1956-)。2018 年,迪士尼公司宣布将依据《暗夜无声》改编的电影《知道太多的孩子》列为常年保留剧目。2004 年,BBC 公司又再次宣布将《罪证疑云》和《禽兽该死》改编成广播剧,导演为迈克尔·贝克威尔(Michael Bakewell)。甚至到了 2021 年,英国的新流媒体 BriBox 和美国的 AMC 还宣布再次将《禽兽该死》改编成电视连续剧,由知名演员比利·霍尔(Billy Howle, 1989-)出演奈杰尔·斯特雷奇威。

　　在我国,由于种种原因,尼古拉斯·布莱克的这套悬疑探案小说一直未能译成中文,同广大读者见面,但学界、翻译界、出版界呼声不断。2021 年 5 月,尼古拉斯·布莱克逝世 50 周年纪念之际,上海故事会文化传媒有限公司的夏一鸣先生慧眼识珠,开始组织精干人马,翻译、出版这套小说。经过一年多的准备和努力,这套图书终于面世。尽管是名家名篇、精编精译,缺点仍在所难免,敬请广大读者不吝指正。

黄禄善

奈杰尔侦探小传

奈杰尔·斯特雷奇威，是推理大师尼古拉斯·布莱克小说中虚构的一位私人侦探。在1935年至1966年间，作为重要角色出现在16部尼古拉斯的小说中。

奈杰尔年轻俊朗，不拘小节，常以苍白凌乱的形象示人。他是智商超群的学霸，却因性格过于叛逆被牛津大学开除。他性格幽默，行动力超强，气质温文尔雅。稚气面容与老道头脑形成戏剧化的反差。奈杰尔周身散发出儒雅的学者气息，在调查过程中，他喜欢借角色之口，引经据典，让人不知不觉靠近他，信任他，将案子交到他的手中。

在系列小说中，奈杰尔的情感故事同样精彩，他的妻子乔治娅是一名探险家，不幸死于闪电战。之后，奈杰尔又邂逅了雕塑家克莱尔。在奈杰尔生命中出现的两位女性，都是具备智慧、勇气、思想的"独立女性"，在古典推理小说中难得一见。

在侦探小说的王国中，奈杰尔这样的侦探形象，可谓独一无二。

人物关系

奈杰尔·斯特雷奇威： 英国侦探。克莱尔的男友。
克莱尔·马辛格： 英国雕塑家，奈杰尔的女友。
杰里米·斯特里特： 杰出的古典学科讲师，与兰瑟·安布罗斯结怨。
梅丽莎·布莱登： 兰瑟的姐姐，是个风流寡妇，美丽且富有。
兰瑟·安布罗斯： 梅丽莎的妹妹，因精神崩溃被学校解雇。
艾弗·本廷克－琼斯： 在游轮上寻找目标的诈骗惯犯。
尼古拉德斯： 自称尼基。蒙纳罗斯号游轮的经理。
普里姆罗斯： 古怪小孩，游轮凶案的一个受害者。

目 录

引子 …………………………………… 1

第一章　登船 …………………………… 7

第二章　博爱 ……………………………37

第三章　毁灭 ……………………………81

第四章　调查 …………………………… 111

第五章　解说 …………………………… 185

引子

那个五月的午后,天鹅群有点不对头。一阵狂暴的寒风从蛇形湖上吹过,吹乱了天鹅的羽毛,也吹乱了它们的神经,让它们无法保持安静。一只天鹅直挺挺地立着,恰似一个纹章,用半臂笨手笨脚地猛击水面,拍得水花四溅,然后无缘无故地拉扯一个一直忧郁地打量着倒影的同伴,并把它赶到桥的那头,直到看不见为止。另一只天鹅在盛怒之下,行为癫狂,抬起翅膀,不停狠狠地啄着翅膀下面,这个动作让它看起来横冲直撞,不知所措,身上的羽毛也乱蓬蓬的,脖颈儿像蛇一样。其他几只天鹅也好像集体染上了歇斯底里症似的,开始疯狂地啄自己的肋骨。

看到这幅景象,克莱尔·马辛格问奈杰尔·斯特雷奇威:"你认为它们的腋窝里有蚂蚁吗?"

奈杰尔回答:"我认为它们是精神崩溃了。"

"好吧,如果它们是精神崩溃了,那做得也太拙劣、太过分了。"

"也许这可能是一种神经模仿形式。"

"不管是什么,都特别不体面。"克莱尔正色道。

"你不该指望一只天鹅挠痒痒的时候也很体面。我就不会预设宙斯在袭击勒达时看起来非常体面。"

"这是两码事。"

一只天鹅步履蹒跚地从蛇形湖走向旱地，伸着脖子去够女管理员递过来的一块面包。克莱尔对此评论道："它看起来像一顶爱德华时代的帽子——想要走路的帽子。"克莱尔那蓝黑色的长发像烟雾一样在风中打着旋儿。她转过身去，发现自己面对着彼得·潘的雕像，有好一会儿，她默默地陷入了沉思，最后，她说："你知道，它本身就缺乏魅力。"

当他们手挽着手向兰开斯特门走去的时候，克莱尔又回到原来的话题——他们刚刚目睹的天鹅的奇怪表现："你不认为我们应该帮它们做些什么吗，亲爱的？"

"帮天鹅？做什么？"

"好吧，给什么人打电话，告诉他们这些鸟儿身上生了害虫，精神错乱了，或者管它是什么原因。谁是天鹅的责任人？"

"哦，工程委员会，要不就是伦敦商会吧？我也不知道。不过这倒是提醒了我。我今天早上给斯旺游轮公司打了个电话，得知他们今年所有的希腊游轮都预订出去了。我已经登记了我们的名字，看看会不会有哪个乘客取消预约。但我认为我们应该试一下迈克尔说的新游轮系列。这意味着要从雅典，而不是威尼斯出发；而我们可以先在雅典待几天，就我们自己。"

克莱尔最近已经意识到这一点，即差不多每个艺术家在工作生活中有过两三次这样的经历，当储备枯竭了，如果不想让作品成为过去成就无意义的重复，就有必要在形式或者内容上彻底地改头换面。她觉得，作为雕塑家，在希腊，她可能会更新视野，给自己充电。鉴于她和奈杰尔都不会说希腊语，在可以自己支配的有限时间里，他们要得到她所需要的东西，导游是最好的途径。

她现在同意，他们应该咨询普律塔尼斯游轮公司新开放的游轮线路。奈杰尔第二天上午去了希腊旅游局。他被告知，T.S.S.蒙纳罗斯号游轮上有空铺位，该游轮将于九月一日从雅典启航，先在提洛岛，然后在多德卡尼斯群岛的一些岛屿逗留，途经克里特岛，远征埃皮达罗斯、迈锡尼和德尔福，最后返回大陆。乘客主要是英国人和美国人，还有少量法国人、德国人和意大利人。船上应该会有希腊导游，还有几位在欧洲享有盛誉的讲师，包括一位杰出的拜占庭学者索尔韦主教，以及古典希腊文学的知名普及者杰里米·斯特里特。

奈杰尔毫不犹豫地预订了航程。蒙纳罗斯号的行程，一路经过那么多连名字都带有传奇色彩的岛屿，显然是好极了。当克莱尔听说他们要去哪里时，黑眼睛都亮了起来。但奈杰尔当时并没有料到这一行程会将他带入一个人类动机的迷宫，而这个迷宫比牛头怪弥诺陶洛斯的居住地还要黑暗和复杂。

第一章

登 船

1

十六周以后，奈杰尔已经倚在长廊甲板的栏杆上，看着比雷埃夫斯的船来船往了。当天早上，他和克莱尔参观了最后一站，狄俄尼索斯剧院和雅典卫城。高温中，帕台农神庙的完美与庄严令他们默默无语，就连克莱尔超常的观光欲望都暂时得到了满足，所以，他们悠闲地吃过午餐之后，打车去了比雷埃夫斯，目的是想在大批乘客抵达之前先安顿下来。

蒙纳罗斯号已经在码头边躺了 36 个小时，而客舱却热得令人窒息。奈杰尔的舷窗在主甲板上，他打开毗邻克莱尔的舷窗，否则他肯定会热得大汗淋漓的。克莱尔说她要先跳一个脱衣舞，然后"把衣服整理得井井有条"，奈杰尔可以肯定，其实就是她的惯例：先把衣服都从箱子里拿出来，撒在她和同伴的铺位上，然后再收拾起来。幸运的是一位名叫贾米森小姐的文学学士还没有出现，于是奈杰尔便任由克莱尔折腾。他在一阵热浪中奋力前行，打开了自己客舱的舷窗。他从乘客名单上了解到，他将与医学博士、理学硕士斯蒂芬·普伦基特分享该客舱。他把自己的物品摆放整齐，然后来到甲板上大口地喘着粗气。奈杰尔花时间调查了游轮的主要特点：前后有两个交谊厅，一个尚未开放的酒吧，在船桥下的前甲板上还有一个仍干涸着的游泳池，然后他在海滨长廊甲板的左舷栏杆处停了下来。

在他的下方，一艘平板油轮正通过脐带似的管道给蒙纳罗斯号加油。远处，三艘希腊护卫舰停泊在一处，蓝白相间的旗帜在渐起的微风中荡漾。有三艘客轮，白色油漆在雅典的阳光下显得甚是耀眼，从头到尾都横卧在对面的码头；其中一艘名叫 T.S.S. 阿德里蒂基号，这就是斯旺包租的、奈杰尔想为克莱尔和自己订舱位却没订上的那艘船。这是一艘大型 P.&O. 游轮，只有一个烟囱，像一个巨大的黄色辣味炖锅，正腾腾地冒着蒸汽。一些饱经风霜的不定期货船，一堆杂乱无章的小工艺品、仓库、船舶起重机和朦胧的蓝白色天空，构成了场景的其余部分。空气中弥漫着一股来自油轮的味道，还混有一股气味，是希腊菜还是腐烂的蔬菜，还是两者兼而有之？奈杰尔想，与一位医生分享一个船舱可能会很方便。

奈杰尔试图把这个地方设想成五世纪，随着三层桨座之战船延伸到雅典的长城；但是，炎热剥夺了他对春天的全部想象。突然，一声巨响从蒙纳罗斯号的另一侧传来，打断了他的思绪。奈杰尔移动到右舷，俯视着船停泊的码头，他看到有一辆装满长方形冰块的卡车，一个船员站在甲板上方一个吊起的临时支架上，把别人递给他的长方形冰块通过舷窗一块一块地运到船上。

在离奈杰尔二十英尺[1]远的栏杆上靠着一名船员,跟岸边传递冰块的工头爆发了激烈的争吵。是冰运来晚了?还是形状不对?或者两个争论者只是不喜欢对方的那张脸,奈杰尔无法确定。但是,这场面如果没有恶化升级到世仇血恨的风波,也不会这么戏剧化。船上的船员一度绝望地撕扯着头发,上一次奈杰尔目睹这个动作还是在三十年前参加国防部演出的《俄狄浦斯[2]》时。不过,让他印象深刻的却是两人在节奏上的此起彼伏,船员用刺耳的母语断断续续地喊着,演讲的样子杀气腾腾,而工头则站在那里洗耳恭听。然后工头又尖叫起来,歇斯底里地手舞足蹈,好像随时都可能跳到半空中扼死船员似的。而对方听他说完,咬着自己那强盗似的小胡子。

奈杰尔想,正旋舞歌和回舞歌[3]:这是高贵的雅典辩论传统——倾听对手的理由,也说出自己的理由。奈杰尔意识到,正是因为这类

---

[1] 英尺(foot),英制长度单位。1英尺等于0.3048米,下同。

[2] 俄狄浦斯(Oedipus),希腊神祇,曾解怪物斯芬克斯之谜。因不知底细,竟杀死亲父,又婚娶亲母,两不相知,后发觉,无地自容,母自缢,他刺裂双目,流浪而死。

[3] 正旋舞歌(strophe)和回舞歌(antistrophe)是奥德诗的两个形式。奥德诗是最初由一些以古希腊语及拉丁语写作的诗人创造出来的诗歌形式。一般而言,一篇奥德诗可分为三个部分:正旋舞歌、回舞歌及长短句交替。奥德诗采用更为正式的措词,常以严肃的主题为主轴。正旋舞歌与回舞歌从另一面看主题,并通常带有矛盾和观点;而长短句交替则将主题推进一层,针对内里问题进行观察或解析。奥德诗通常供两支合唱队(或两个人)朗诵或吟唱,其中一支合唱队(或其中一人)演绎正旋舞歌,另一支(或另一人)则演绎回舞歌,而长短句交替则一同演绎。

事情，让你的心被希腊人温暖，让你热情地、不分青红皂白地爱他们，直到永远。

这时，他的身边传来克莱尔轻快而高亢的声音："会流血吗？"

"哦，你来了。不，他们只是对冰的看法有些不同。"

双方对着彼此尖叫，此起彼伏，持续了几分钟。接着，像暴风雨一样，来得快去得急。工头往船的一侧吐口水，船员做了一个手势，然后转身离去。在下面的码头上，乘客陆陆续续抵达了，他们不得不面对一群小贩的挑战。小贩们出售的商品五花八门，从二十世纪的希腊花瓶到可口可乐，从大块粉红色甜瓜到希腊精锐步兵团的士兵娃娃，真是应有尽有。

奈杰尔和克莱尔玩着历史悠久的旅行者游戏，猜测这些不认识的旅伴的性格、职业和家乡。他们刚刚发现了一位皇家院士，后来证明是索尔韦主教；还发现了古典音乐三重奏乐团的三位教师，结果后来证明分别是分析化学家、大律师和公务员。然后，他们被两个慢慢走向舷梯的女人吸引了，更准确地说，是被其中的一个女人所吸引了。

这个女人不高也不矮，举止优雅，最大限度地减少了身材丰腴带来的影响。她的颧骨高高的，下面有迷人的凹陷，精致的棕色皮肤，在她走近以后，才能看清那是化妆艺术的胜利成果。她身穿柠檬色亚麻西装，头戴宽大的白色草帽。

"哦，看！"克莱尔说，"船上的蛇蝎美人来了。"

这个女人的同伴，虽然身高与她一样，但相比之下，看起来却又矮又胖。她上身穿着一件深褐色套头衫，显得皮肤很浑浊，下身穿着皱巴巴的花呢裙子和耐穿的鞋子，而那凌乱的头发，蹒跚的步态，局促不安、痉挛似的手势，使她更像一个没有包好的包裹。她抬头看船的时候，嘴像无法控制似的猛地一抽，然后伸出一只手，仿佛要阻止痉挛一般。就在这一刻，奈杰尔听到站在他这一侧栏杆旁的一个女孩喊道："哦，上帝，彼得，看呐，是布罗斯！她到这里来干什么？"

"布罗斯？"

"安布罗斯小姐，你认识的。"

女孩的语气中透着太多的惊愕，奈杰尔不由得抬起头来。只见这个女孩脸变得煞白，原本瘦弱的身体现在弓着，好像在等着一击，双手紧紧地握住栏杆。奈杰尔猜她约莫有十六七岁，她称之为彼得的人很显然是她的兄弟，而且非常可能是双胞胎兄弟。

彼得挽起了女孩的胳膊，说："别担心，费思，我猜她是来送人的。"

"要是那样，就把一切毁了。"

"别犯傻。她又不会吃了你。"

"看呐，她上舷梯了！"被称作费思的女孩忽地低下头，然后匆匆跑下甲板。她的哥哥跟在后面，脸上一副冷酷的表情让奈杰尔印象深刻。

那对奇怪的两人组现在正在爬舷梯。美女递登船卡的时候，斜着眼睛向乘务长抛了一个媚笑，这给她精致的妆容平添了个性特征。她的同伴把目光移开，装作没看见，拖着脚走了过去。两人朝她们的客舱所在的方向走去，后面跟着提着行李的男服务员。

"嗯，你怎么看她们？与秘书一起旅行的富有的离婚者？"

"她们是姐妹。"克莱尔坚定地说。

"姐妹？胡说！"

"是的。相同的骨骼结构。一个是成功的上流社会女士，另一个是神经质。这就是让你失望的原因。我看的是皮下的头骨。"

"从女孩费思刚才那惊愕的表情来看，其中一个是安布罗斯小姐，大概是女教师吧。另一个是嘴角抽搐的黄脸婆。让我们看看乘客名单吧。"

这份在登船时交给他们的文件显示，住在A甲板3号客舱的旅客是梅丽莎·布莱顿夫人和兰瑟·安布罗斯小姐。

"嗯，她们可能是姐妹，"奈杰尔说，"这些优雅、古典的基督徒名字应该出自同一位父亲。但我依然认为是贵气逼人的梅丽莎带着绳子包似的兰瑟出来度假。"

"反常造就奇怪的同床异梦人。"

"安布罗斯。我想知道会不会是E.K.安布罗斯？"

"是谁？"

"一位非常杰出的希腊学者。终结版《欧里庇得斯》就出自他手。我在牛津读过。"

2

在晚餐前的几个小时里，乘客们就能分辨得出彼此是哪国人了。民族特色很快就显现出来了：那些金发碧眼，背着相机、背包和指南书，有目的地在船甲板上走来走去的人只能是德国人。带着自己讲师的法国队伍在前厅的一端聚集，他们喋喋不休，没完没了，对其他旅伴视而不见。几个身着华丽休闲西装的意大利男人陪同他们的妻子在船上漫步，巧妙地注视和赞叹着每一个风度翩翩的女性。美国人在等酒吧开门。与此同时，英国人避开他人，没完没了地在写明信片，对任何一个有可能打断他们写明信片的人，都会偷偷摸摸瞥一眼，神情间充满敌意。

当然，也有例外。一个胖脸男人开始与奈杰尔和克莱尔攀谈，自我介绍叫艾弗·本廷克－琼斯。他说，自己对这一带并不陌生，如果他们想熟悉门道，找他就对啦。凭借亮晶晶的眼睛、快活的声音和明显不卑鄙的天性，本廷克－琼斯天生就是这艘船的生命和灵魂。他如饥似渴地交朋友，虽然看起来有点可怜，但也不是不讨喜。奈杰尔想，他似乎是那种会赢得信任的男人，就像乞丐会吸引慈善机构是一个道理。

"你们对客舱是不是很满意？"本廷克－琼斯立刻问道，"如果不满意的话，尼基会给你们换的，我敢肯定。他是游轮经理。"

"哦，我们的客舱挺舒适的，谢谢。"克莱尔答道。

"哦，原来如此。好的。对不起——我以为你们是一起出来旅行的。"

"我们就是一起出来旅行的。"

听了这话，本廷克－琼斯的眼中闪过一丝沮丧。在船上遇见一对未婚同居的有罪男女，会使他从中获得小快乐，而克莱尔觉得不好剥夺他这份快乐："我们只是好朋友而已。"克莱尔加了一句，语气中不无嘲讽。

"你好，那是杰里米·斯特里特。"本廷克－琼斯向一个渐渐走近的人挥手。这个人身材高大醒目，一张未老先衰的脸，一头稀疏的金发，一副知道自己是名人、清楚自己毋庸置疑的市场价值，却刻意不显山不露水的派头。杰里米·斯特里特穿着一身完美无瑕的衣服：外穿白色亚麻西装，内搭一件宝蓝色衬衫，颈上系着一条真丝围巾。

"我是在火车上认识他的。"本廷克-琼斯透露道，"令人愉快的家伙，一点架子都没有……啊，斯特里特，我来给你介绍一下。杰里米·斯特里特先生。克莱尔·马辛格小姐，奈杰尔·斯特雷奇威先生。"

三人互相礼貌地低声打着招呼。

"很高兴认识你，"杰里米对克莱尔说道，"我看了你上次的展。那么有力度，非常精致。特别是《麦当娜》那个作品，是世俗与神圣的结合——理应如此。"

杰里米的声音太悦耳了，他那恭敬有加而又男子气概十足的语调近乎完美。克莱尔的脸上泛起了淡淡的不自在和厌恶感，但只有奈杰尔才能察觉到。

"嘿，嘿，嘿，"本廷克-琼斯对克莱尔说，"船上的另一位大名人！原来你是画家啊，马辛格小姐？"

"雕塑家。"

"好吧，你已经来到了欧洲艺术的源头。"他宣称。

"人们也是这么告诉我的。"克莱尔说道。

"'希腊的岛屿，希腊的岛屿，火热的萨福[①]在这里唱过恋歌'，"

[①] 萨福（Sappho，约公元前612-？），古希腊女诗人，作品有抒情诗9卷，哀歌1卷，只有残卷传世。

本廷克-琼斯继续说道,他的胖脸因热情而抖动,"这是怎样的灵感!我敢肯定,你这绝对不是第一次来。"

"不,我是第一次来。"

"好吧,还有比大名人杰里米·斯特里特更好的赞助吗?"

杰里米不无歉意地瞥了瞥克莱尔,生动的唇角抽搐着,也许由于自身能力所限,他被捧上天也是有限度的。

"我们可以期待不久的将来,出自你如椽大笔的另一部译作吗?"本廷克-琼斯问道。

"我刚刚完成了《希波吕托斯》。"

"啊。索福克勒斯[①]最崇高的作品之一。"

"实际上,是欧里庇得斯[②]。"

"当然是欧里庇得斯。多荒谬的口误。"

奈杰尔问道:"你用了什么文本?我猜是 E.K. 安布罗斯的吧。"

这个问题再简单不过了。但奈杰尔随即意识到,不知何故,它却成了一个冒犯性的问题。满脸皱纹的年轻老人脸绷得紧紧的,一副怒气冲冲、带着防御的神色。

"安布罗斯非常好,"他说,"但在同理心上多少缺乏点想象力。人

[①] 索福克勒斯(Sophocles,约公元前 496-406),古希腊三大悲剧家之一,一生共写 123 部剧本,传世剧作有《埃阿斯》《安提戈涅》《俄狄浦斯王》等 7 部。

[②] 欧里庇得斯(Euripides,公元前 485-406),古希腊三大悲剧家之一,据传写有悲剧 90 余部,现存《美狄亚》《希波吕托斯》《美狄亚》等 19 部,他的剧作对罗马和后世欧洲戏剧有深远影响。下同。

们有时想知道这些古典学者是不是根本不知道诗人脑子里在想什么。"

"船上就有一个兰瑟·安布罗斯。"奈杰尔说,"我怀疑是不是……"

"什么?是兰瑟·安布罗斯?"话像是从杰里米嘴里蹦出来似的,说话的人好像还没来得及思考。

"你认识她吗?"

"我个人并不认识她。"杰里米带着克制的傲慢说道,然后很快就跟他们说了再见。

这给奈杰尔留下了两个印象:不幸的兰瑟·安布罗斯一定有树敌的天赋,而本廷克-琼斯却只是感觉到杰里米因为她在船上而不安,并且在微妙地享受这一点,他的性格里有一丝恶意。

"我怀疑他们都是冒牌货。"克莱尔低声说道。

"冒牌货?谁是冒牌货?"

"杰里米和本廷克-琼斯。杰里米像孔雀一样虚荣,但可能与人无害;另一方面,本廷克-琼斯却……"

"啊?他有什么不对头?"

"他竟然认为《希波吕托斯》是索福克勒斯写的。你有没有注意到,他是怎么一而再再而三地探问我们的?如果知道那欢乐表面的背后隐藏了什么,我完全不确定我们是否会喜欢。再说,他的眼睛也太小了。"

无论本廷克-琼斯先生有什么倾向,杰里米·斯特里特很快就以意想不到的方式出现了。克莱尔下楼去取她的素描纸,奈杰尔则沿着甲板长廊漫步。他经过阅览室的一扇窗户时,看到窗户与船尾的 B 交谊厅相邻，忽然他的视线被里面一个人的身影吸引了。那个人正是杰里米，他摆出小心翼翼、漫不经心的姿势，让奈杰尔想起了在表演中见过的一个商店扒手。杰里米背对窗户，手伸向面前的桌子，把桌上的一本杂志迅速地塞进了外套里。

奈杰尔一边走一边纳闷地想：一位知名的古典学科讲师为什么要这样去偷《古典研究杂志》呢？答案似乎只有一个：除非这个人是个彻头彻尾的盗窃狂，否则他把杂志从阅览室拿走，就是为了不让其他乘客读。不过，这么做肯定不会有太大作用，因为在这样的游轮上，可以相当肯定，有些游客会自己带的。奈杰尔心里记着要一份季刊：关于杰里米为什么要偷杂志，他已经有了一个猜测，但他喜欢自己去验证。

3

A 交谊厅的晚餐快结束了。与奈杰尔和克莱尔被分配到同一桌的还有索尔韦主教和他的妻子黑尔夫人。主教的白色尖髯让人误以为他是皇家美术院的一个成员，他对食物大摇其头，与此同时，他的太太对旅伴大嚼舌头。在短短的几个小时内，她已经以某种方式积累了几个档案，在实际了解不足的地方，她用想象力就可以轻松地填补空白。

"亲爱的，"她的丈夫也曾一度抗议，"马辛格小姐会认为你是一个可怕的长舌妇。"

"我从不八卦，是我被八卦了。这一切都源于我看起来这么肥胖、舒服和正常。我是一个妈妈的形象，每个人都可以在我腿上畅所欲言。"

"他们对你的真实本性知之甚少。"索尔韦主教阴沉地说。

乍一看,黑尔夫人确实像一只活泼的多角兽,但是,她眼中闪烁着冒着烟的、讽刺的光芒,不设防的人应该因此而设防。她问克莱尔:"你认识美女与野兽了吗?"同时,她瞥了一眼布莱登夫人和安布罗斯小姐坐的桌子。

"没有,"克莱尔说,"她们是姐妹,不是吗?"

"是的。安布罗斯小姐是一名教师,教古典学的。她精神崩溃了,她的姐姐就带她出来旅行、康复。我认为让妹妹一直寸步不离,这更像是在限制布莱登夫人。"

"限制她?"奈杰尔问道。

"梅丽莎·布莱登现在是个快乐寡妇——"黑尔夫人说完,又用法语说了一遍"快乐寡妇"。

"是寡妇?"

"是的,我很清楚,她对生活只有一种兴趣,那就是男人。男人们已经开始围着她转了,但是兰瑟·安布罗斯却对他们露出牙齿,大声咆哮。我看梅丽莎在船上没有得到多少浪漫。"

索尔韦主教对妻子说道:"只有柔术演员才能在这些被称之为客舱的包装箱里实施不良行为。"

"我丈夫在教区会议上肯定不会这么说话。"黑尔夫人说。

索尔韦主教发出一声短促、尖利、响亮的笑声,蓝眼睛闪烁着光芒,含情脉脉地对妻子笑道:"你哪里会知道我在教区会议上是怎么说话的？"

克莱尔问："你是怎么知道布莱登夫人的事的？"

"晚饭前，她正巧坐在我旁边的船甲板上，然后，一个叫本廷克-琼斯的矮胖子男人开始和她交谈。"

"啊哈，"克莱尔说，"她给他讲自己妹妹的事？我怀疑你对别人的生活有着永不满足的好奇心。你最好当心。"

"哦，我的生活是一本打开的书。"黑尔夫人宣称。

"一本打开的书，"她丈夫说，"里面装满了不恰当的图片。你很难相信我太太的想象力有多么丰富，马辛格小姐。这是因为她不得不和我一起在宫殿里过着单调的生活。"他用餐巾拍了拍长着胡须的嘴，调皮地看了妻子一眼，"安布罗斯姐妹的父亲和我过去在同一所大学里共事。姐妹俩儿时的事情，我什么都知道，什么都能告诉你。"

"嗯，真的，你为什么一直瞒着我们？"

主教脸色一变："这是一个相当伤感的故事。我不打算提起，即使是你也不例外。"

奈杰尔一直偷偷瞄着那对姐妹，稍作停顿后说道："她们让我想起了埃德温·缪尔[①]的一首诗，这是关于两种生物的，是死敌，它们

[①] 埃德温·缪尔（Edwin Muir, 1887-1959），苏格兰诗人、文学评论家和翻译家。他高度个人化、哲理化的诗歌以一种直接而朴素的风格写成。《1921—1956诗选》和《一脚刚刚跨出伊甸乐园》使他成为世界知名的诗人。他的重要理论批评著作有《小说的结构》和《诗的土地》。缪尔最初因与妻子威拉一起翻译弗兰兹·卡夫卡的作品而为人所知。

必须一次又一次反反复复地争斗。一个是'骄傲的凤头动物，排列着所有皇家色调'，另一个是……那首诗是怎么说的来着？'一只软软的、土黄色的圆形野兽''他可能原来是一只烂袋子'。我相信，缪尔在接受心理分析时梦见了她们。"

"那谁赢了呢？"黑尔夫人问道。

"美丽的凤头动物总是赢，但是，却永远无法杀死敌人。"

一种奇怪的沉默笼罩了整个饭桌。奈杰尔能够感觉到主教的目光在注视着他。

"有一件事你是对的。"主教说。就在这时，一个响亮的、金属般的声音让交谊厅所有人的谈话都停了下来。

在远处，一个男人正拿着麦克风说话："我叫尼古拉德斯。我是你们的游轮经理。女士们、先生们，欢迎到希腊和蒙纳罗斯号来。我希望你们都能有一个非常愉快的乘船旅行。"

说到这儿，尼古拉德斯停下来，向顾客绽开了炫目的笑容。有人听到黑尔夫人在喃喃自语："爱琴海的比利·巴特林，他任何时刻都会叫我们'小伙子们和姑娘们'的。"

尼古拉德斯继续操着一口流利的带着美国口音的英语，告诉大家自己办公室的位置，宣布了明天远征德洛斯的计划，并恳求大伙儿都叫他尼基。尼基是一个宽肩男人，中等身高，脸上黑黑的胡子刮得干干净净，一口闪亮的白牙，涂了油的黑色头发像雨后的柏油路面一样闪闪发亮，整个交谊厅都可以感受到他有个性的魅力。"现在，"尼基总结道，"有人有什么问题要问我吗？"

"是的。这艘船到底什么时候开?"在所有人中,提问者偏偏是兰瑟·安布罗斯。她的声音含糊、低沉、霸道,虽然这个问题本身并没有冒犯性,但她努力让它听起来非常不愉快。她身上的紧张感传给了所有用餐者,大家都在椅子上不自在地挪动,回避别人的目光。

只有尼基似乎没有受到影响,他说:"几个小时后。我们延误是因为油轮迟到了,不过别担心,我们会赶上既定的日程,可以的。"说完,尼基从一张桌子走到另一张桌子,挨个向乘客打招呼。

在梅丽莎和兰瑟坐的桌前,尼基停顿的时间更长:他嘴上安慰着兰瑟,但同时,他的眼睛却一直盯着梅丽莎。奈杰尔想,人们几乎可以在他们目光相遇的地方看到空气中的火花。以戴的印度头巾为背景,梅丽莎的轮廓线条之纯净令人陶醉。这个小画面被兰瑟一个手上的动作打破了,一个突如其来的、看似无意识的动作,她撞倒了一个葡萄酒酒杯。尼基打了个响指,一个服务员急忙走到桌边,兰瑟蜡黄的脸不得体地黑了下来。

尼基走到桌子旁,向索尔韦主教夫妇毕恭毕敬地打招呼,然后弯腰吻克莱尔的手。尼基的眼睛闪着坦率的、近乎动物般钦佩的光,这里面有无辜,整张脸上都洋溢着一种异教徒的生活乐趣,这让人解除了武装;虽然尼基的态度毕恭毕敬,却没有一丝媚态。

当尼基离开时,克莱尔说:"他的眼睛可真漂亮,仿佛被电浸透了的梅子。"

主教发出尖锐的咕哝声和笑声。黑尔夫人说:"一头公牛。一头闪亮的公牛。他差不多是在刨地。"

"好吧，只要他别碰我就行。"克莱尔喃喃道。

"了不得，希腊人是如何保持他们古老独立的传统的？"主教说，"贫穷却骄傲。看看服务员们，根本不像服务员，反而像自由人。这就是他们的态度，并且印在了脸上。"

奈杰尔暗示道："与他们必须过的简朴生活方式有关吗？简朴的生活方式造就了简单，保持原封不动。例如尼基，他就是建立在简单线条上的，我会说，就像荷马式的英雄。"

"我不太喜欢他们的荷马式咖啡，"黑尔夫人厌恶地啜饮着，"它到底是用什么做的？"

"抱怨，抱怨，抱怨！"索尔韦主教对自己的妻子评论道。

4

在弧光灯的灯光和星光之下，奈杰尔和克莱尔坐在后甲板上。从远处码头一个咖啡馆的扩音器里传来震耳欲聋的舞曲，淹没了他们周围说话的声音。乘客或是上上下下地溜达，或是靠在栏杆上，等待船的开动。克莱尔把手放在奈杰尔的手上，叹了口气："我很高兴我们在这里，亲爱的。"

"是的。"

"我觉得索尔韦主教夫妇是一个很好的婚姻广告。"

"我们很幸运能跟他们同桌吃饭。你遇到同客舱的旅伴了吗？"

"遇到了。相当无害。她在某所大学教希腊语，她还带来了相当多的书籍和杂志。真搞笑，跑到希腊读书。"

"嗯，如果她有的话，你可以借本当期的《古典研究杂志》。别忘了。"

"好的。为什么？"

"我想在明天早餐时读一读。喂，这是谁？"

一个小女孩，大概已经十岁了，她沿着甲板漂流过来，在他们对面抛下了锚。她那肥胖没型的身体让奈杰尔觉得她就是兰瑟的微型复制品。她穿着一件绣花罩衫和一条哔叽裙子，上面挂着一条好像是毛皮袋一样的东西。她手里拿着一个笔记本，站在那里，透过厚厚的眼镜面无表情地看着他们。

"嗯，你叫什么？"奈杰尔问道。

小女孩向前走，要是再走就要站到奈杰尔的脚上了，这才停下，以清晰、迂腐的语调答道："我叫普里姆罗斯·查尔默斯，你叫什么？"

"我是奈杰尔·斯特雷奇威，这位是克莱尔·马辛格。"

小女孩把信息记在笔记本上，她接着问道："你们结婚了吗？"

"没有。"

"住在一起？"

奈杰尔伸出手来，装作要用食指和中指剪掉小女孩鼻子的样子。

"阉割象征，就是这样。"孩子凄凉地说。

奈杰尔像是被蜇了似的缩回了手。克莱尔"咯咯"地笑了起来："你到底知道什么？"

"我的父亲和母亲是非专业分析师。"普里姆罗斯说道。

"嗯，那岂不是很好！"克莱尔评论道，"他们和你一起来旅游吗？"

"一起来的。我本人已经做了七年的分析师。"

"我并不意外——"克莱尔咬了咬牙,"七年时间不短。你现在一定非常正常。你在希腊,在俄狄浦斯情结的源头。"

普里姆罗斯怒视着她,在笔记本上加上了一条。

"嘿,嘿!有个孩子在帮我们做笔记。"附近传来本廷克-琼斯先生的声音。

"你的笔记本上写了什么?"奈杰尔问道。

"我正在汇编乘客的数据,以期撰写一篇关于群体心理学的论文。"这位强大的小女孩回答道。

"哎呀!你就从来不休假吗?"

普里姆罗斯认为这个问题不值得回答,于是她转向本廷克-琼斯,开始了问卷调查。

"我想,如果你要让我做盖洛普民意测验[①],年轻的女士。"本廷克-琼斯对奈杰尔眨了眨眼说,"最好私下进行。"

"这不是盖洛普民意调查。"普里姆罗斯严厉地纠正他,但还是把笔记本和钢笔放进了毛皮袋,跟着本廷克-琼斯一起走了。

---

① 盖洛普民意测验(Gallup poll),是美国民意调查机构——美国舆论研究所进行的调查项目之一。因 1935 年由 G·盖洛普创办该所而得名。民意测验每年举行 20~25 次,总统大选年略多。调查内容包括政治、经济、社会等。采用抽样调查,在全国各州按比例选择测验对象,派调查员面访,然后统计调查结果,分析并作出说明,提供给用户。盖洛普民意测验是一种观点的民意测验,它常常被各大媒体用于代表民意的一种表现方式。这种民意测试的特点是用简单的随机取样法并且试图把偏差度保持在最低。

"嗯，接下来呢？可怜的孩子。"

"两个孩子，"克莱尔望着本廷克－琼斯和普里姆罗斯的背影，说，"一对好奇的孩子。他们会出名的。"

"这就是我所担心的。用不了多久，亲爱的。"奈杰尔从帆布躺椅上站起身来，在普里姆罗斯和本廷克－琼斯身后慢慢地溜达。奈杰尔对人类充满热情的好奇心，同时对那些在其专业能力之外表现出同样好奇心的人深感不信任。经验告诉奈杰尔，这样的好奇心很少是出于无私的动机。以本廷克－琼斯为例，他可能只是拥有一颗多情的、感伤的、孤独的心；或者是一个真正爱孩子的人，心大到甚至可以将强硬的普里姆罗斯也包括在内，或者这次他也可能没做到。

奈杰尔与两个人保持着礼貌的距离，跟随他们沿着船的左舷甲板溜达。他们爬上梯子，上了船桥甲板。当奈杰尔到达那里的时候，他们已经消失了。在他的左边是一排甲板室，那是蒙纳罗斯号的船员宿舍。他穿过船员宿舍和一艘船载小艇，进入船桥前下方的一块甲板空地，然后绕到右舷。这里也停放了一艘船载小艇。乘客们在这里闲坐或闲逛着，但是，却没有他跟随的那两个人。也许他们进了船长舱后面的无线电室吧？奈杰尔往无线电室里偷眼观瞧，只见房间里空无一人。他们一定是爬上左舷梯，然后又下了右舷梯。但是，究竟为什么本廷克－琼斯要把普里姆罗斯带到这里来呢？

奈杰尔再次到达右舷梯的顶端时，他听到了一个低沉的声音。那是本廷克－琼斯的声音，它来自船载小艇的另一头。本廷克－琼斯一定在船和栏杆之间找到了一个空间，在那里他和普里姆罗斯可以进行一次私人的谈话。说话声很轻,所以,奈杰尔错过了很多,但他又听到了足够有趣的内容。

"……你可以帮助我。我在特勤局工作……两名埃奥卡特工上了船,不知道是哪个乘客……可能是个女人……没有人会怀疑你……睁大你的眼睛,支棱起你的耳朵……任何人说什么或……可疑的……特工可能会尝试与……联系……在你的笔记本上写下来……任何让你觉得奇怪的事情,比如人们怎么做的或者……你永远不会知道什么……拼图的碎片。听明白了吗?"

"是的。我听明白了。"普里姆罗斯听起来很兴奋,"我要告诉你——"

"嘘!这一定要成为我们之间的绝对机密……我到时候会告诉你……不要在我们见面的公共场合暗示……任何人看到你的笔记本。它是讨价还价的资本,到那时?好姑娘。沿着虚线切开,然后……也不能一次看到很多内容。"

奈杰尔机智地离开了,他在船桥下若有所思地绕来绕去,顺着左舷的梯子走下船甲板。本廷克-琼斯的游戏可能也只是一个游戏,用来逗孩子开心的游戏,想把她的注意力从心理分析上移开。但也有不那么无害的可能性。有一件事是肯定的,特工不会向年轻女学生透露他们的职业。当然,这个人可能是那些无害的人之一,这些讨人嫌的人需要宏伟的幻想来支撑自我。也许特勤局的这种胡说八道,是他认真地跟自己玩的游戏。

奈杰尔想,好吧,时间会证明的。但他怎么也没想到的是,时间确实证明了，一切都来得太快了，而且是灾难性的。

5

当回到离开克莱尔的后甲板时，奈杰尔发现她旁边的椅子被布莱登夫人姐妹占了。克莱尔向姐妹俩介绍了奈杰尔。奈杰尔坐在克莱尔的脚边，说："普里姆罗斯·查尔默斯刚刚加入了特勤局。"

克莱尔没有克制自己好奇心，问道："你这是什么意思？"

"这听起来像是游戏里的东西。"布莱登夫人说。

"我希望是。"

梅丽莎·布莱登颤动着长长的睫毛看着奈杰尔，她显然对这个非常规的开头不太理解，对于奈杰尔没有详述此事有些愠怒。她的妹妹兰瑟·安布罗斯笨拙地趴在躺椅上，起初似乎是全神贯注于一些内心的争论，当她们被介绍给奈杰尔时，她那绿褐色的眼睛并没有与奈杰尔目光相遇，也没有凝视着什么特别之物。她的嘴抽动了一下，手指在膝盖上微微扭动着。

但是，随着断断续续的谈话继续下去，奈杰尔开始有了这样一个印象：兰瑟并没有完全沉浸在自己的痛苦之中。在躺下放松的假象后面，隐藏着一个对正在发生的事情敏感细心的人。有一两次她用一句尖锐的评论插话，既充满智慧又具有一针见血的效果。她的秘密专注，倘若不仅仅是她内心紧张的结果，实在难以界定；但奈杰尔现在感觉这是针对自己的，兰瑟正在扮演她姐姐的看门狗，严阵以待，对任何靠近梅丽莎的人进行猛烈抨击。兰瑟可能只是一个仇恨男人的女人，或者可能源于一些更微妙的忌妒心理。

梅丽莎本人让他感到相当失望。倒不是说，近距离看她就没有那么美丽了，她动画般的脸庞曲线和凹陷很精致，让奈杰尔想起叶芝的诗句："文艺复兴时期的手指时尚吗？脸颊凹陷，仿佛吸进了风，把一大堆阴影看成了肉？"她的手很纤细优雅，虽然随着岁月的推移，它们可能长得像爪子。但梅丽莎漂亮脑袋里面的内容似乎很少，她的活泼是造作的，她的谈话是有人替她思考的结果，这包括攀亲带故报大名，一一列举她住过、去过的地方。他们很了解戛纳吗？罗马的商店不是绝对的天堂吗？自从法鲁克去了卡普里岛，卡普里岛就被毁了。对梅丽莎来说，希腊之所以赫赫有名，主要因为是奥纳西斯兄弟的出生地。

从表面上看，梅丽莎不过是这个世上一个被宠坏的、愚蠢而自私的女人。然而，奈杰尔想，她已经从无用的生活中抽出时间来，跟这个不起眼的妹妹到一个她自己几乎没有兴趣的国家来。是出于天然的姐妹情，还是为过去的疏忽感到内疚？后者是有可能的，因为在谈话中可以发现，梅丽莎在十五年前结婚，此后就一直在国外不同的地方居住。

"我妹妹一直想来希腊旅游。她是我们家最聪明的人之一，你懂的。父亲把所有的智慧都传给了她。"

一阵剧痛使兰瑟的脸扭曲了，她似乎要脱口而出些什么，但最终克制住了自己。

"你父亲是 E.K. 安布罗斯吧？"奈杰尔问道。

梅丽莎睁大了眼睛看着他："哦，你认识他？"

"只是久闻他的大名。"

"我妹妹正在追随他的脚步。我不知道你为什么没被请到船上讲课，兰瑟。"

"哦，我无法与伟大的杰里米·斯特里特竞争。"

"你不认可他？"奈杰尔大着胆子问道。

兰瑟毫无生气的脸突然变得生动起来，这是奈杰尔第一次意识到，她和梅丽莎皮下的骨相非常相似，尽管克莱尔曾经这样断言过。

"认可他？斯特里特绝对是一个江湖骗子。他剔除他人大脑里的智慧，然后把人的头脑搞乱。他根本就没有任何学术的概念。"说完这些，这次爆发就好像让兰瑟筋疲力尽似的，她再次恢复了原来冷漠的样子。

几分钟后，奈杰尔观察到，当兰瑟姐妹走上舷梯时，把沿着甲板走近的金发碧眼女孩费思吓坏了。虽然她的哥哥彼得就在身边，但一看到兰瑟，她还是吓得一动不动，然后抓住彼得的胳膊，把他拉了过来。奈杰尔看了一眼兰瑟，看出她没有注意到这一幕。另一边，彼得甩开妹妹的手，费思从奈杰尔的视野中消失了；但彼得背靠着栏杆，定定地凝视着梅丽莎和兰瑟所在的方向。

虽然彼得的脸隐在阴影中，但梅丽莎立刻意识到他在仔细查看。她用低沉、懒洋洋的声音透露道："我要因那个年轻人而苦恼了。"

"哪个年轻人？"兰瑟严厉地问道。

"在那边。他一直跟着我,盯着我看。"

"他是谁?"

"我不知道。"

"他叫彼得,"奈杰尔见状插话道,"他还有一个妹妹叫费思。"

"什么费思?你的意思是,她在船上?"兰瑟霸道地问道。

"是的。我不知道他们姓什么。一个金发碧眼的女孩,十六岁或十七岁。相当漂亮,但是她牙齿不整齐,还弯腰驼背。"

似乎意识到她的最后一个问题太直截了当了,兰瑟这次友好了些:"听起来好像是我以前的一个学生费思·特鲁博迪。我记得她好像有一个孪生兄弟。你为什么会跟他有麻烦,梅丽莎?"

"他盯着我看。我似乎吸引了年轻人。在我这个年纪,这变得相当麻烦,或许我注定要成为一个忘年恋对象吧。"她开怀大笑,给了奈杰尔一个遗憾的眼神,"你得把我从他手里救出来。年轻人确实让我非常厌烦。"她的声音里有一种微妙的爱抚,就像一缕极其精致而性感的香水飘过。在那一刻,坐在那里的另外两个女人可能都不存在了。

"是的,我们找到了。"克莱尔查阅了乘客名单,"亚瑟·特鲁博迪先生,帝国二等勋位爵士,彼得·特鲁博迪,费思·特鲁博迪。你说她是你以前教过的一个学生?"

"我认为费思不是一个令人满意的女孩。"兰瑟回答说,声音里有一种奇怪的颤抖,这没逃过奈杰尔的耳朵,"我很累了,梅丽莎,你打算在这里过夜吗?"

"哦,先别去睡觉。我敢肯定,现在的空气是那么凉爽宜人,这对我们有好处,不过你想睡觉,就自己去吧。"

然而,兰瑟没有动弹,她的痛苦就像一团雾,只消散了一点,脸上又露出一丝痛苦,把她和其他人隔开了。

"安布罗斯小姐,你在哪所学校教书?"克莱尔问道。

但兰瑟没有回答,梅丽莎不得不替她回答:"我妹妹最近还在萨默顿教书,她教的是顶级形式的经典。她刚刚休息了很长时间——"

她刚说到这儿,就被兰瑟的惊呼打断了:"哦,看在上帝的分上,梅尔,把舒缓糖浆戒掉!我精神崩溃了,他们解雇了我。"

"我认为他们这么对你是绝对不公平的,"梅丽莎说,"说到底,这不像——"她声音无助地慢慢消失了,她耸了耸肩,动作很难看。

"好吧,女士们,希望一切都合你们的意吧?你想要枕头吗,布莱登夫人?"尼基走了上来,散发着迷人的魅力与善意。他那宽阔的肩膀挡住了相当一部分夜空。

"好的,谢谢你,尼古拉德斯先生。"梅丽莎说道。

"啊,现在,我希望我们不要拘泥于礼节,大家都叫我尼基好啦。喂,你们都是英国人,是吗?我就特别喜欢英国人。"

"是英国人就喜欢,尼基?"梅丽莎的语气显然是轻浮的。

"当然!全部。一个伟大的民族,而英国女人是最美丽的。"尼基做了一个夸张的手势。

"个个都美丽吗?"克莱尔调皮地重复道。

"特别是其中两位。女士们,别生气。我们希腊人是简单的民族。

当赞美人时，我们就这么说；当表达憎恨时，我们——"他向她们龇了龇牙，像食人兽一样。

"可是希腊人不是因为塞浦路斯而恨我们吗？"

"不，不，不，斯特雷奇威先生。你们的政府不受我们欢迎。但是，我们不会把人民、个人和他们的政府混为一谈，我们希腊人是伟大的个人主义者。"

这时，从前甲板和码头传来了呼喊声。"蒙纳罗斯号活过来了，"尼基举起手指，"你们听，发动机已经启动。一两分钟后，我们就要启航了。"

"梅丽莎，我感觉不太好。我想去下面。"

"哦，兰瑟，你难道不想看着我们的游轮冒着蒸汽离港吗？这一幕多令人兴奋啊！"

兰瑟提高了原本低沉而急切的声音，她的声音此时变成一种低沉的尖叫："我受不了汽笛声！"

"亲爱的，这里没有汽笛声。"

"烟囱上的那个东西，汽笛。我们离它很近，我受不了，我告诉你！现在随时都会熄火！求求你，求求你，求求你——"

"好的，亲爱的。那么，来吧。各位晚安。"梅丽莎搂着兰瑟的腰，两姐妹匆匆离去。尼基盯着她们的背影，然后沿着甲板闲逛。

"好！"克莱尔说，"那个可怜人原本应该还住在疗养院里。我真心希望她在航行中不会给我们找麻烦。"

"不管怎样，她成功地把梅丽莎与尼基分开了。"

"哦,奈杰尔,你不觉得吗?"

"我认为她将成为梅丽莎合适的镣铐,无论是以这种还是那种方式。"

"我比较喜欢梅丽莎。"

"她是个傻白甜,但似乎有一颗善良的心。"

汽笛发出一声长长的呻吟。乘客们从他们坐的椅子上跳起来,挤到栏杆上。螺丝开始晃动,而且,起初是不知不觉地,蒙纳罗斯号渐渐驶离了码头。

第二章

博 爱

1

第二天一大早，舷窗倾泻下来的阳光，照到奈杰尔睡的上铺上面，硬是把他给晃醒了。他轻手轻脚地从铺位上下来，生怕打扰同客舱的伙伴普伦基特医生。他穿上一条泳裤，拿起一条毛巾，去找前甲板上的游泳池。

游泳池在前一天夜里就被灌满了水，现在，水手们正在池子上方系一个遮阳篷，遮阳篷延伸到水池两侧几英尺的甲板上。奈杰尔朝船头走去，环顾四周。向后，仍然可以看见一座岛屿，如果蒙纳罗斯号把落后的行程补上了的话，这个岛应该是锡罗斯岛——基克拉底群岛的首府。太阳从奈杰尔的左手边爬了上来，已经散发出足够的热量，温暖了他赤脚下的甲板。游轮的右侧，有一只闪闪发光的地中海轻帆船在波涛中起伏。两只黄褐色的海鸟在船头交叉飞行，护送着蒙纳罗斯号。前面是一座废弃的低矮小岛，小岛有一处隆起，形成一座小山，这座小岛一定是得洛斯岛，最高山峰是金斯特山。由于受到阳光和浅滩的些许影响，一条纯绿松石色从岛上斜向伸出，让这边大海的皇家蓝色与那边的淡绿色，形成了鲜明的对比。

水手们搭好遮阳篷，像蚱蜢一样成群结队、喊喊喳喳地下去了。奈杰尔从船头向船尾望去，看到了水面上遮阳篷的顶部、前廊的窗户，以及两者上面的船桥侧翼上和驾驶室里各站着一位船员。

他跳进游泳池，水冷得合心如意，那里是唯一可以划六下的地方，但是，泳池很深，脚趾伸到池底，水却没到奈杰尔的下巴位置，而他身高六英尺。

扑腾了一会儿，奈杰尔正要出去的时候，小姑娘普里姆罗斯出现了，她仍然穿着那件衬衫、哔叽裙，背着那条毛皮袋，看起来就像她睡觉时都没脱似的；不过，现在她的头上戴了一顶威尼斯吊艇工的草帽，上面有一条绿色的丝带从脑后垂下来。

普里姆罗斯问："这池子深吗？"

"大约五英尺六英寸[①]。你会游泳吗？"

"会。但是我更喜欢大海，游泳池里都是细菌。"

奈杰尔打了一个寒战，迅速走了出来，坐在泳池的防护矮墙上。他问："游戏治疗进展如何？"

"游戏治疗？这不是精神科医生让你做的吗？"

普里姆罗斯以弗洛伊德派心理分析师的轻蔑之情说出了"精神科医生"这个词。

[①] 英寸（inch），英制长度单位。1英寸等于2.54厘米。

"我是说,你的笔记。"

普里姆罗斯松弛的脸上闪过一种神秘的表情,她的手无意识地伸向毛皮袋。她斜视着奈杰尔,说:"我要给你一个联想测试。我说一个词,你必须把脑子里蹦出来的第一个词说出来,你必须——"

"好的,我知道该怎么做。"

普里姆罗斯从她的毛皮袋里拿出笔记本,打开一页,拿起钢笔,摆好姿势,就开始了:"夏天。"

"田野。"奈杰尔回答。

"爱。"

"仇恨。"

"甲虫。"

"粪。"

"英国人。"

"虚伪。"

"盐。"

"邓萨尼勋爵。"

"什么?"普里姆罗斯停下来把奈杰尔的答案记下来,"什么勋爵?"

"邓萨尼。他对吃什么盐很挑剔。根据我的记忆,岩盐是唯一的——"

"哦,好吧。下一个词是牛腰肉。"

"猪肉。"

"淹死。"

"悲伤。"

"冰激凌。"

"热巧克力酱。"

"马卡里奥斯大街。"

显而易见,在奈杰尔回答之前,停顿的时间更长了:"胡子。"

普里姆罗斯又问了他几句,但只是走走形式,或者是为了麻痹未暴露的埃奥卡特工奈杰尔,让他拥有虚假的安全感。从年轻的普里姆罗斯脸上掩饰不住的胜利表情看,奈杰尔在说"马卡里奥斯大街"之前的停顿,完全暴露了他。奈杰尔当时也不是故意的,他现在都想踢自己,因为这种不自觉的停顿,这个孩子会如影随形地跟踪他——是的,还有他与之交谈过的任何人,因为本廷克-琼斯告诉她船上有两名埃奥卡特工。为了他那愚蠢的游戏,这个该死的男人!

十分钟后,奈杰尔坐在交谊厅里吃早餐。刚刚 7 点 05 分,同桌的其他人还没有到。奈杰尔点了橙汁和咖啡,然后开始吃一盘圆面包,他给圆面包涂上厚厚的黄油。他注意到另一张桌子上的杰里米在埋头看书;普里姆罗斯和她的父母在一起,毫无疑问,因为不论是躺卧还是其他姿势,他们都有着精神分析师常见的样子,那就是温和的癫狂。

克莱尔来了,在奈杰尔面前放了一份《古典研究杂志》,给了他一个温暖的吻。奈杰尔翻阅杂志,终于找到了他要找的东西。这是对杰里米最新翻译的《美狄亚》的长篇评论。评论以冷酷无情的敌意、嘲弄的蔑视、丰富的学识,把这个作品批判得体无完肤,这让奈杰尔为不幸的翻译者感到脸红。评论署名是"兰瑟·安布罗斯"的姓名首字母缩写，难怪杰里米一听到"安布罗斯"就怒发冲冠，还把杂志从阅览室里偷了出来。而且，如果兰瑟·安布罗斯对待她学生的努力成果，也同样使用这种毁灭性方式的话，那么，费思·特鲁博迪看到她上船时脸色发白就不足为奇了。

突然有人敲了一下桌子，奈杰尔抬起头来。原来是克莱尔从她面前的篮子里拿出一块面包吃，差点硌断了牙齿。

"这是什么？"她又一次把面包摔在桌子上，问道，"浮石？"

"这是希腊面包。希腊人是一个强悍的民族。试试圆面包吧。"

"可是你把圆面包都吃光了。"

"我也把牙硌了。没关系。听听这个。"奈杰尔把兰瑟评论的最后两段低声念了一遍：

我们有权要求任何译者至少具备两个条件——对原文语言的深入了解，以及对自己母语驾轻就熟的感觉。如果斯特里特先生只是显示出他对原作者现代文本修订的无知，这已经足够不堪。但是，当粗心加上无知，翻译被语言错误、乱猜乱译，甚至小学生式的咆哮所污损，对文本进行不合理的自由篡改时，那么，多强烈的抗议都不够。至于斯特里特先生对自己母语的把控，我们只能说不值一提。一个译本，如果将口语的陈词滥调与最俗气的浪漫主义装饰混合在一起，用粗俗代替庄严，用歇斯底里代替悲剧，会产生把美狄亚变成郊区罪犯的效果，可能会刺激目不识丁的公众，但必然使原文内容蒙冤受屈。在他的序言中，斯特里特先生对学者的"迂腐"不屑一顾。然而，欧里庇得斯可能更喜欢学术的紧身衣，而不是斯特里特先生给他穿的有毒衬衫。

我们以前曾有机会在这些栏目里谴责斯特里特先生。普及经典是一回事，歪曲经典是另一回事。凭良心说，今天的翻译标准已经够低了。以斯特里特先生的影响力，像他在《美狄亚》里那样粗制滥造，正在将标准降低到迄今为止未曾设想的最低点。我们只能重复布莱克对约书亚·雷诺兹爵士所说的话："这个人是被雇来贬低艺术的。"

"哎呀！"克莱尔带着敬畏沉默了一阵以后，说道，"她好像不喜欢他，是不是？"

"早些时候，她还为所有批评提供了章节和诗句证据。"

"好吧，如果有人这么说我的作品，我会杀了她。"

2

到那天早上 8 点钟，蒙纳罗斯号已经在得洛斯岛抛下了锚，而地中海轻帆船等着把乘客送上岸。空气中有一种由于期待而产生的兴奋感。乘客们松了一口气，在与陌生人交谈之前，不再郑重其事地做自我介绍，只有法国人仍像往常一样形成一个分裂的小团体，在长廊甲板上等待集群，同时保持各自孤立分离。而奈杰尔和克莱尔因为靠近舷梯的前头，将是最先下船的那批人。

"早上好,早上好!"本廷克-琼斯一边推开众人,一边喊着向他们走来,"今天天气好,我们很幸运。在这里下船通常太艰难了,你们懂的。"

一个水手给每位乘客递了一张登陆卡,很快他们就坐上了拥挤的地中海轻帆船驶向码头。

"这是什么?接待委员会?"

可以看到码头沿岸的身影,那是一些男人、女人和儿童在展示他们的商品——鲜艳的围巾、坚果、小饰品、粗纺衬衫和购物袋。太阳狠狠地砸在没有树木的岛上,码头旁边的水看起来是深绿色,冰凉冰凉的。奈杰尔注意到索尔韦主教购买并穿上了一件带绿松石色和白色横条纹的衬衫,给人的感觉特别像海盗。

从岛上小商小贩中间冒险冲过去以后,乘客们在海边散开了,去往希腊和罗马的那些遗址。目之所及,到处都是砖石建筑。蜥蜴在石头上晒着太阳,听到近处的脚步声,就窜进缝隙里。干枯的棕色草刮擦着鞋子,很难相信此时正值春季,岛上鲜花盛开。

这时,尼基跳上大理石板,做了一个交通警察的手势。大部分乘客都聚拢过来,当落后的人们也赶到时,尼基通过手持扩音器宣布,现在将进行两次简短讲话,由知名英国学者杰里米·斯特里特先生谈谈得洛斯岛神话的意义,而耶鲁大学的乔治·格林鲍姆教授接着会从考古方面谈一谈。之后,乘客将分成若干小组,由希腊导游带领,前往那些遗址。

游客尽可能把自己安顿好,有斜坡、有残垣断柱的地方都会有阴凉。杰里米没戴帽子，身穿宝蓝色亚麻长裤和淡蓝色衬衫，把尼基递过来的扩音器拨拉到一边，站在石板上等着听众们安顿下来。

不管他作为学者和翻译家有什么缺点，但是很快就能看得出，杰里米是一位非常出色的讲师，他的声音清晰地传到了人群的外围。他讲话没有讲稿，没有东拉西扯的题外话，人落落大方，没有一丝忸怩。奈杰尔想，人们会欣赏他的技术，因为人们钦佩一流专业歌手的分句处理法，如此巧妙，所以没有引起人们对讲话本身的注意。

"我们现在所在的圣岛，"他说，"是传说中阿波罗和阿尔忒弥斯[①]的出生之地。传说是前人试图向自己解释世界的一种努力，目的是寻求或安抚大自然的种种神秘力量。是什么造就了多面的阿波罗神，对于那些最初出于恐惧、需求和愿望创造出他的人来说，代表了什么……"

伴随着那迷人而洪亮的声音，奈杰尔环视着散落的观众。他们显然被他迷住了。只有兰瑟·安布罗斯背靠一个土丘蜷缩着坐着，发出不和谐的音符。她在拧身边的一片结实的草，脸上带着酸楚和怀疑的神情。也许是因为刚刚读完她那篇关于《美狄亚》的火爆文章吧，可是，给奈杰尔留下的印象与其说是怀疑，不如说是积极——难道她阴

[①] 阿尔忒弥斯，又名辛西亚，是古希腊神话中的月亮女神和狩猎女神，宙斯和勒托之女，野兽的女主人与荒野的女领主，奥林匹斯十二主神之一，是古希腊人祭祀最多的神祇之一。阿尔忒弥斯自由独立，反对男女婚姻，与赫斯提亚、雅典娜被视为奥林匹斯山上的三处女神。她以弓箭作为武器，身边总是伴随着一头赤牝鹿。

沉而专注的表情掩盖的是忌妒？抑或是无情的敌意？奈杰尔突然害怕兰瑟大吵大闹，对杰里米进行一些恶毒攻击。

但是，在这种情况下，兰瑟忍住了内心的怒火。杰里米结束了讲话，在游客雷鸣般的掌声中，他把位置让给美国教授。在美国教授讲话期间，奈杰尔注意到杰里米悄悄地坐在一条人行道上，距离金发碧眼的费思很近。费思抬起头来看着他，表情里有羞涩，有近乎对偶像崇拜的那种敬佩。同样值得注意的是，当观众分成更小的群组时，杰里米陪伴费思和她的父亲走向公牛大厅。本廷克-琼斯开始跟另一群人在一起，但很快就离开了那群人，贴着杰里米一行人，不知疲倦地絮叨着。

"可怜的小家伙，他不喜欢被冷落的感觉。"克莱尔说道，"好吧，我要把注意力集中在狮子身上。"

奈杰尔从语气中听出克莱尔想一个人待一会儿，所以他们定好中午在博物馆附近的咖啡馆外见面，然后各自走上了不同的道路。奈杰尔与包括杰里米和特鲁博迪一家在内的人一起走在后面，参观罗马区，欣赏马赛克地板上画的骑着老虎的狄俄尼索斯，然后沿着石头小路向前走，小路通往金斯特山上的阿波罗洞穴。在半路上，奈杰尔看到了梅丽莎独自坐在岩石上。她也看到了他，向他招手。

等奈杰尔走到跟前，梅丽莎说："我做了一件蠢事，把鞋带弄断了，你有没有带子？"

"恐怕没有。"

"好吧，我必须坐在这里等救援了。"她兴高采烈地说。他想，奇怪的是，这个摩登尤物就像一只蜥蜴，在这里看起来就像在家里一样完美：她棕色的皮肤吸收了强烈的阳光；她散发着活力，还有一种冷静，比母畜吸引注意力的花招更具挑逗性。奈杰尔想，她是阿尔忒弥斯，只不过猎杀的对象变成了男人。他环顾四周，意识到山坡上就剩他们两个人了："也许我们采摘一些又长又粗的草茎编成辫子，就可以当一条临时鞋带？"

"哦，多机智的人啊！"梅丽莎的眼睛是绿棕色的，其中一只带着金色的斑点，在他眼里缠绵不去，"好吧，去工作。"

当他拉着草，她编着辫子时，她解释说她妹妹感觉爬山不舒服。

"我真希望这次航行对她有好处。"

"是的，我很担心她。我们出发时，她似乎已经过了最糟糕的时期，医生说她可以来。但是——"梅丽莎低沉的声音渐渐消失了。

"但是她有点旧病复发？"

"恐怕是这样。昨晚，我们离开你后，她陷入了一种可怕的状态——嗯，你知道，说她再也受不了了，她孤独，没有什么值得为之而活。"

"可她还有你。你对她非常有耐心，非常无私。"

"我？无私？"梅丽莎笑了起来，声音刺耳，"我像任何一个活着的女人一样自私。我已经好多年没见过兰瑟了。从摇篮时期开始，我和她就没有一拍即合过。当我收到电报说她病得很重时，我从巴哈马飞来。但是那和现在带她出来游玩，都是出于内疚罢了，因为我对她忽视这么长时间，还有，当她不得不在学校点灯熬油苦读的时候，我过着奢侈的生活。"

"我得说,她真是聪明绝顶。"

"哦,是的,我想是的。"

"学校为什么解雇她?当然不是因为她精神崩溃。"

"我不知道,"梅丽莎含含糊糊地说,"我想是发生了一些争吵。兰瑟在好几所学校教书,那些女教师都是些老处女,她们一定忌妒她,是的,我敢说——"梅丽莎歪着头对他一笑,"因为兰瑟让她们知道她比她们聪明得多。"

"嗯,我还是觉得你对她很好。"

"当然,她一直疯狂地渴望来希腊看看。所有这些废墟、这些东西,于我都是浪费,我只希望她不要分心。"

"分心?"

梅丽莎把头转过去:"她觉得她必须做我的电灯泡。事实上,我比兰瑟大一岁,但她有点监——这个词怎么说?"

"监视?"

"是的,监视我。"梅丽莎盯着奈杰尔,她的红唇分开了,"我似乎对你倾诉了很多。人人都这样吗?"

"人人都这样,绝对的。"

梅丽莎笑了:"不过你看起来一点儿也不爱管闲事,不像那个本廷克-琼斯。天哪,又来了一大群文化朝圣者。"

他们谈兰瑟,谈了很久。然后梅丽莎把草编成辫子,穿过鞋眼。她弓起一只漂亮的、棕色的脚向奈杰尔伸去,让他帮自己穿上鞋子。

奈杰尔一边小心翼翼地给草辫打结,一边说:"你最好放轻点。

我不知道它能撑多久。"

"那么,跟我一起下山吧。如果辫子断了,剩下的路,你可以扶着我虚弱的身体。"

梅丽莎显然理所当然地认为任何人都会改变自己的想法,来适应她,她几乎忘了他们相遇时,奈杰尔正在往山上爬。是的,她是个被宠坏了的女人,但是冷静地假设每个人都会喜欢献殷勤,这在某种程度上却是不讨厌的,奈杰尔想。

这一想法促使他在他们沿着石头铺成的小路往下走时问道:"我想象你和你父亲的关系很好。"

"是的,我知道。可是,你怎么——"

"你妹妹跟你父亲关系不行吗?"

梅丽莎没有回答,但露出一种奇怪的表情,既懊悔又烦躁。她被一块石头绊倒了,随即紧紧抓住奈杰尔的手臂,这一接触就像一种瞬间的闪光穿过了他的身体。

"你没生气吧?"奈杰尔问道。

梅丽莎仍然没有看他,她叫道:"如果一个人天性是快乐的,为什么就不允许这个人快乐呢?"

3

与此同时,克莱尔正专注于狮子,她在倒塌的残垣断壁中行进着,经过一个穿着带有大量垂褶宽松长袍的无头女性雕像时,她发现雕像的右臂被吊在吊索上，吊索外是一个高大的四柱门廊——是这座寺庙的仅存之物，它俯瞰着天际线。柱子，或单个或成组，遍布整个遗址，石林在耀眼的阳光下呈现出刺眼的白色。在圣湖附近，五个狮子雕像蹲在它们的底座上，扁平的脑袋和张开的下巴，历经数百年的风暴侵蚀，让它们变成了海狮的模样，但它们强大的前爪支撑着，臀部的蹲伏力几乎就是自然主义的真理。

雕刻狮子的人见过狮子吗？克莱尔很想知道。

这些狮子雕像给克莱尔留下了这样的印象：它们排成一排坐在那里，守卫着，自信而警惕，似乎在等待着什么事情的发生，它们已经以这种冷静、古板的姿势等待了很久。她挑出一个狮子雕像，集中注意力去观察。

就在克莱尔仔细端详这头狮子时，它那单纯的力量传给了她。她感到神清气爽，精神焕发，却异乎寻常的困倦。她走进附近一堵墙的影子里，躺下睡着了。直到她被一些声音吵醒，对昏昏欲睡的她而言，那洪亮的声音很不自然。

"……不打算和你讨论这件事。"

"我很抱歉，但你必须这么做。"

"你这是在威胁我吗？你怎么敢这么跟我说话？"

"你知道我妹妹在……之后病得很重。她有脑热病。如果她死了，就该是你的责任。"

"这自然很荒谬。听说她生病了，我很难过，但是——"

"你用污言秽语诽谤攻击她，她被开除了。费思给我讲了整个事件的原委。"

"你的忠诚值得信任，但你似乎没有想到这一点，不管她给你讲过什么故事，都是她胡编乱造的，我们从来没有发现她非常可靠过，我担心，在与真相相关的问题上是这样。"兰瑟的声音坚定而冷静，但有一个锯齿状的边缘。

"你不仅指责她这些，你那段时期也一直在挑她的毛病。可是天知道，在那之前她为什么会是你最喜欢的学生，你当时没有把她逼得自杀，都是个奇迹。"

"胡说八道！她当然是一个聪明的女孩、奖学金标杆。但是，我们发现她总是有点精神失常，有点不诚实。她用从我房间偷来的试卷作弊，被抓住了。除此之外，她在全班同学面前对我粗暴无礼，这些就是事实。"

"请原谅。这是你的事实版本。费思的版本是你陷害了她。"

彼得·特鲁博迪年轻的声音提高了，他接着说的话听上去更可怕，用的是同样清脆、快速但不太友好的、精炼的、带吞咽的公立学校口音。"陷害她还不是因为你——"他绝望地直击这个话题，"你勾引过她，而她却没有做过这样的事。"

片刻寂静之后，克莱尔听到了一声脆响，是兰瑟扇了彼得一巴掌。

"你会后悔的。"彼得立刻说，声音又低了下去，但依旧是那种傲慢自大的高年级级长的语气，"你看，我已决定帮费思洗清罪名。"

"不要像短篇小说里的人物那样说话。"

"我知道你很聪明，但真相最终会大获全胜。不，你还没有占据优势。我会采取措施把问题理顺，你不会觉得过程很愉快。但如果你写了一份自白书，那就是最简单的——"

"这简直太离谱了！"

"如果你不这样做，你会发现其他人也可能怀有报复心。我警告你。"

"马上放开我！"

"你姐姐知道你被学校开除的原因吗？哦，费思的一个朋友写信给她讲了这件事。她说——"

"你再不放开我，我就喊救命啦！"兰瑟的声音在歇斯底里的边缘摇摆。

"我打赌你会的，"彼得轻蔑地说，"并指控我试图强奸你什么的。又一个不实指控。你对这一套很在行，不是吗，安布罗斯小姐？很好，你现在可以走了。但我建议你记住我所说过的话。无论如何，你都要为自己对费思所做的付出代价。"

脚在石头上摩擦的声音传了过来。几声呜咽的呼吸声来自兰瑟。克莱尔环视墙的尽头，看到了两人向不同的方向移动，兰瑟在石头间跌跌撞撞。克莱尔还注意到普里姆罗斯·查尔默斯的身影从距离最近的那个狮子雕像身后出现了：这个孩子正把她的笔记本和笔放进毛皮袋中。她的脸上既得意又迷惑，仿佛昆虫学家发现了一些精致但无法辨认品种的飞蛾。

当克莱尔从墙影中起身时，正午的阳光像锤子一样砸在她的头上，但让她感到不适的并不是阳光。

奈杰尔正在咖啡馆外等她。喝完一杯冰橙汁以后,她感觉好多了。他们周围的桌子全都坐满了人。克莱尔对奈杰尔说:"咱们去博物馆吧,有件事我必须告诉你。"

在凉爽、空旷的画廊里,在雕像失聪的耳朵旁,她仍然把声音压得低低的,将刚才听到的事情告诉了奈杰尔:"我不知道它为什么会让我这么忐忑不安,这一切都如此不真实和富有戏剧性。可我觉得很不舒服。还有那个普里姆罗斯,她把这一切都记下来了。"

"嗯,这是一个已经解开的谜。我们知道为什么费思看到兰瑟上船会那样了。"奈杰尔怀疑地看了克莱尔一眼。

"你相信哪个故事?"

"哪个故事?是兰瑟的版本,还是费思和彼得的版本?"

"我不知道,"克莱尔慢条斯理地说道,"我敢说兰瑟可能会报复——好吧,这是对杰里米的评论。我敢说费思精神相当失常。奈杰尔,他真的不会对她做什么吗?"

"彼得?我觉得他可能会引起某种迫害活动。对于像他这种公立学校学生类型的人来说,状态非常糟糕。"奈杰尔又看了克莱尔一眼,这次看的时间更长了些,"你在想什么,亲爱的?"

"你说得很对。真正让我担心是,兰瑟可能对彼得做的事情,如果他真的开始像他所说的那样'采取措施'的话,我的意思是,女人不太理智。"

"嗯,她有梅丽莎照顾。还有船上的医生。"

"一旦梅丽莎开始满怀信心、业务熟练地和男人们相处起来,她就帮不上什么忙了。"克莱尔看着奈杰尔的脸,明察秋毫,"啊?她已经开始了?"

"在某种情况下,男性不论多么无辜,都会看起来像是有罪。"奈杰尔宣称,"是的,当你窃听时,我与梅丽莎在山坡上。我不会说她在大步前进,但她正在努力套近乎,得寸进尺。"

"哦。"

"她觉得我很机智。"

"她这么觉得,是吗?"

"是的,而且她怕她妹妹自杀。"

4

那天晚餐后,人们将在前厅举行研讨会。上午做过演讲的两位讲师会到场,回答关于得洛斯岛主题的问题,并鼓励乘客参与讨论。

奈杰尔即使是在大学听课时也从未因缺席而引人注意过,感觉这听起来太像工作了。于是,他和克莱尔在船尾的躺椅上躺了下来,因而错过了蒙纳罗斯号上逐渐拉开的大戏,又一幕开始了。

他们沉默着相互陪伴,思考自己的想法。与此同时,本廷克－琼斯已经事先告知他们,在夜幕降临时在这些地方常有大风,果不其然,劲风骤起,船在温和的海面上翻滚起来。克莱尔仍在苦思冥想她的狮子。奈杰尔开始猜测梅丽莎:从表面上看,她柔顺,迷人地温顺,他却怀疑她有一个非常坚韧的内核。像兰瑟一样,她可以无情地清除障碍，也许比她妹妹更熟练、更精明。但她也有矛盾之处，就在用晚餐时，奈杰尔听到她对兰瑟说："但是，亲爱的，这真的根本不是我的事。你为什么不自己去呢？"兰瑟做了一些回答，但奈杰尔没有听到，然后，几分钟后，他看到这对姐妹一起走进了研讨会会场。梅丽莎似乎确实能够表现出一些无私的感情和无私的精神来。

奈杰尔现在想起了梅丽莎在山坡上说的另一件事。兰瑟一直是一个独立的人，走自己的路；不仅如此，在梅丽莎长居海外的这些年里，姐妹俩几乎没有通过信。但是，自从兰瑟精神崩溃以后，她变得对姐姐很依赖。她不仅不愿意让梅丽莎长时间离开自己的视线，还不厌其烦地询问梅丽莎在国外的生活、婚姻和旅行情况。

"嗯，"奈杰尔说，"我想她是个沉迷于浪漫生活的宅女，从中得到了一种替代的满足。"

"浪子的女儿？"梅丽莎带着她精神失常的微笑，插话道，"兰瑟一直鄙视我过的那种生活。她一直认为我是一个智力低下的人，我很难想象她为什么会突然对我的生活感兴趣。"

"这该不会是她生病和失业带来的后遗症吧？她感觉有一个空白需要填补，更重要的是，需要结束与某人的关系。她不就是想重建你们两人之间的纽带吗？"

四十五分钟以后，研讨会结束，克莱尔和奈杰尔悠闲地走进A交谊厅，听到一种特殊的高音调嗡嗡声，就像蜂巢或人群处于不安时发出的那种声音。奈杰尔在拥挤的酒吧喝了点酒，然后把酒带到了一个角落,因为黑尔夫人在向他招手。

黑尔夫人惊呼道:"我亲爱的,你看你都错过了什么呀!"

"研讨会有趣吗?"克莱尔问道。

"有趣呀!这是一场骚乱。"黑尔夫人的眼睛睁得大大的,带着震惊的喜悦。

"安布罗斯小姐和斯特里特先生的架打得很好看。"

"哦,好啦,亲爱的,"索尔韦主教喃喃道,"让我们称之为一点争议吧。"

"哦,我敢说这对集会中的那些小人来说不算什么。但是,在我看来,这就像一场全面的智力摔跤比赛。"

"可是,到底怎么了?"

"安布罗斯小姐问了一个问题,斯特里特先生回答了。她突然提出了另一个问题,在你能说'阿尔忒弥斯'之前,两人已经大吵大闹起来,好像与在希腊克里特岛上发现的线形文字乙有关。线形文字乙到底是什么?在我听起来就像三角学。"

"是希腊文字。"索尔韦主教解释道,"就在战争开始之前,布利根在皮洛斯发现了碑上刻着线形文字乙。1952年,瓦斯在迈锡尼发现了其他刻有线形文字乙的碑。同年,这些文字被破译成希腊语,这些发现证实了瓦斯的理论,即迈锡尼文明是希腊文明,并且在克诺索斯的最后阶段,对迈锡尼的影响很大。当然,施里曼——"

"亲爱的,要切中要害啊,"黑尔夫人打断了丈夫的话,"关键是安布罗斯小姐对斯特里特先生无礼到不可原谅的地步。她试图当众羞辱他，然后——"

"恐怕她成功了，"索尔韦主教严肃地对奈杰尔说，"兰瑟暴露了杰里米知识上的一些不足，嗯，使他看起来像个坏老师教出来的一个小学生。事实上，这真是太不愉快了。"

奈杰尔问："这完全不相干吗？"

"当然，这与关于德洛斯的讨论无关。我觉得很遗憾，这就像安布罗斯小姐一个纯粹的恶作剧。我觉得其中有一些工作中的私人恩怨。"

"布莱登夫人非常尴尬。还没等愤怒的兰瑟讲完，布莱登夫人就把她从研讨会上拽了出去——"

"你是说，梅丽莎把她拽了出来？"

"嗯，倒不完全是这样。但是安布罗斯小姐浑身发抖，看哪——另一个决斗者来了。"

这时，杰里米在费思父女的陪同下走进了交谊厅，大家沉默了片刻，然后开始说话，似乎声音越来越大，速度也比以前更快了。费思走近杰里米，用挑衅的眼神环顾四周。杰里米的脸有点红，嘴唇紧紧地抿着。他们拿到饮料后，杰里米和特鲁博迪一家走过来，在主教那桌旁边的空椅子上坐了下来。

黑尔夫人直截了当，不带开场白地说："好吧，我想你肯定需要喝一杯，这是一场多激烈的战斗啊！"

奈杰尔对她如此开门见山却表现出真诚和出人意料的机智给了满分。

杰里米不自然地笑了笑，脸上却没有放松："她恐怕是个害虫。"

"这绝对是典型的布罗斯，"费思说道，"她最喜欢抛头露面了——"她突然停了下来，脸红了，然后看起来为失礼很痛苦，"当然，我不是说你。我是说，她自然是一个上了年纪的、心血来潮的女教师。"费思又支支吾吾起来。

奈杰尔注意到，杰里米没有试图帮助她，这给他留下了不好的印象。

特鲁博迪先生是个面容和蔼、头发灰白、态度随和的人，他说："安布罗斯小姐教过我女儿一段时间。"

"大约在三十年前，安布罗斯小姐的父亲也教过我，"杰里米说道，"他是我在剑桥的导师，是一个非常能干的人。他女儿继承了他的才华，还有——"杰里米做了一个优雅而又威严的手势，这是使他的德洛斯演讲锦上添花的手势之一，"还有那爱找碴儿的暴脾气。"杰里米的微笑很平静，几乎是奥林匹亚式的，他说的话里不带一丝怨恨。奈杰尔想知道，是他的自尊无懈可击，还是他在装腔作势？无论如何，杰里米和那些公众人物一样，他们将自己完全包裹起来，如果去掉外壳，你会在外壳下面发现什么呢？

奈杰尔在研究费思，而对方则全神贯注地盯着说话的杰里米，她的嘴半张着，小而不规则的牙齿让她有了一种狡猾的、在做恶作剧的感觉。不过，她比奈杰尔想象的要漂亮，她不太自信，脾气反复无常，很可能她制订了一个对帅气的杰里米实施忘年恋的全面计划。或者，这真是忘年恋吗？也可能是希望让他加入哥哥对抗兰瑟的战斗吧？然后，当然，还有费思被学校开除的问题。对此，克莱尔从彼得那里听到的陈述是一个版本，兰瑟的陈述是另一个版本，奈杰尔认为，费思也完全有能力提出虚假指控。

冲动之下，奈杰尔问费思是否知道兰瑟离开萨默顿的原因。费思似乎吓了一大跳，但还是回答说:"嗯，我不知道。可是，我还在那个学校的一个朋友告诉我，布罗斯上学期精神崩溃了，因为她是一个失败的老师。"

"可她是一流的学者，我想。"

"哦，是的，但是，她却没有获得成功。我们没有得到我们应该得到的大学奖学金。"费思的绿眼睛眨了眨,"而且她不受欢迎，她，嗯，也有偏爱的人，她对谁都漠不关心，当然，她说起话来特别尖酸刻薄。"

"你是她偏爱的人吗?"奈杰尔笑着问道。

"她把我从那个地方解雇了。"

这是答非所问，但奈杰尔没有追问下去。他们的谈话一直在低声进行。与此同时，杰里米和主教在谈剑桥。这两个人形成了一个有趣的对比:主教和他那整洁的范戴克风格的胡子，皱巴巴的灰色羊驼套装，维京人的蓝眼睛;而杰里米打扮得像个花花公子，说话像一个装腔作势的、时髦的纯文学作家，一边说话一边抚平颈背上卷曲的金色头发。一个是低沉的男低音，一个是嘹亮的男高音。

费思正目不转睛地看着杰里米，眼神里全是丝毫不掩饰的崇拜。最令奈杰尔不安的是，杰里米似乎并没有因此而感到尴尬不安，他接受得心安理得，非常自然。假如费思不是一个女权主义者，而杰里米是一个坦率的女权主义者的话,可能会更好,但是,奈杰尔担心,杰里米像那西塞斯一样冷冰冰的。

10点刚过,克莱尔就感到困倦,她和奈杰尔在回船舱之前在甲板转了一圈。长廊的甲板上摆着躺椅,几乎所有的躺椅上都有人。突然,一个女人的声音喊道:"噢,马辛格小姐,你在哪儿见过我姐姐吗?"

"没有,布莱登夫人。反正她不在大休息室里。"克莱尔向蜷缩在躺椅上的身影走近了一点,"哦,对不起,安布罗斯小姐,我把你听成你姐姐了。如果见到她,我可以告诉她你想找她吗?"

"谢谢你。"

奈杰尔坐在蒙纳罗斯号的船尾,离栏杆很近,他很快注意到了两个身影。尼基宽阔的后背和涂了油的黑发错不了,在他身边,靠得那么近的女人是梅丽莎。

"我们该怎么办?"克莱尔低声问道。

"最好告诉她。"

"布莱登夫人,你妹妹在找你,她就在后面的长廊甲板上。"

梅丽莎转过身来,好像刚刚打了麻醉剂似的,眼神此时才渐渐集中起来,鼻孔张了起来:"什么?噢,谢谢你。我该走了,尼基。"她迅速而深沉地瞥了尼基一眼,然后匆匆离去。

尼基带着由衷的爱慕注视着她,接着大声说道:"真是个女人!"然后他向奈杰尔和克莱尔露齿而笑,牙齿闪闪发亮,"可悲的是,她有什么,你们诗人怎么说的来着?她的脖子上挂着信天翁——是个沉重的负担。"

5

第二天早上,他们在帕特莫斯上岸。大部分人在尼基的带领下,三三两两地从码头上下来,经过一群举着鲜花的孩子身旁,去往小港口内陆边上的广场。广场沿途绿树成荫,广场上聚集了一些骡子,骡子会把游客送到圣约翰大教堂。

在这儿,艾弗·本廷克-琼斯最是得心应手,他帮助妇女们上骡子。她们在鞍子上大呼小叫,挡住了骡夫的路。他鼓励已经出发的骑手,喊着当时最应景的口号,诸如此类:"起来,向它们冲啊!""它们的左边有峡谷,右边有峡谷!""她来了就会上山!"

奈杰尔看见克莱尔和黑尔夫人骑着骡子蹒跚前行,发现自己已经落到了队尾。他顾虑重重地看着自己骑的这头骡子,骡子看起来比自己小好几号,那双骨碌碌乱转的眼珠既心不在焉又目的明确,让他想起了社交界的不良女主人。在上山的路上,他发现自己的顾虑太有道理了,马镫太短,他只能通过向后弯曲双腿,才能把双脚固定在马镫里。这样一来,他就像一只鸡一样被捆住了,而两块金属片从古老的马鞍上突出来,只要他试图抓住金属片,它们就会狠狠地撞到他的大腿上。至于缰绳,这头骡子只有一根缰绳,因此,为了改变方向,奈杰尔必须身体前倾,把缰绳从骡子嘴前面甩到另一侧才行。

奈杰尔发现,除了这些不利条件,骡夫发出令人毛骨悚然的吆喝声以及对骡子后腿的重击,表明它像一个木球一样重心略偏;当奈杰尔和本廷克－琼斯沿着石路并肩骑行时,奈杰尔的骡子就像跟本廷克－琼斯的骡子有仇似的,不停地咬它的同伴,好像要把它逼到边缘。

然而,本廷克－琼斯却镇定自若:"骡子是脚踏实地的动物,就让它们自己找路吧。"他像自己的骡子一样兴高采烈地说道。被奈杰尔的骡子赶到路边的一道浅沟里以后,本廷克－琼斯被一堆石头绊倒了。一分钟后,他胖墩墩的脸开始变得粉嘟嘟的,他满头大汗地说:"奇怪的是,说到骡子,安布罗斯小姐怎么样,嗯?"

"你说呢?"

"固执。尼基和她姐姐都劝说她不要去修道院。旅途艰难,阳光暴晒。可是,她偏要去。"

"她花了去看修道院的钱,所以——"

"你的意思是说布莱登夫人付了钱。你知道的,是她在付账。她们形影不离,不是吗?"

突然,骡子飞奔起来,为了宝贵的生命,奈杰尔一边紧紧地抓住马鞍,一边问:"谁?"

"啊哈!到底是谁?"本廷克－琼斯气喘吁吁地说道,还向奈杰尔眨了眨眼,令人不快。这时,两头骡子在路中间相撞,再次减速,走了起来。赶骡子的人对骡子吼叫,骡子开始慢跑起来,能把人的骨头颠碎。

这时,本廷克－琼斯说道:"帅哥尼基,有男子气概,是吗?"

"完全正确,女士杀手。"

"不过这是一场相当糟糕的表演,你不觉得吗?"

"什么是糟糕的表演？"奈杰尔故意装傻。

"嗯，他身居要职，游轮经理。看起来很糟糕。你觉得他上过她了吗？"

奈杰尔对这种突如其来的粗俗感到震惊，所以什么也没说。本廷克-琼斯好像还是锲而不舍，他和蔼可亲地笑着，咕哝着："啊，好吧，这些船上的浪漫故事。萍水相逢、露水情缘。不过，当然，他们不是船上唯一的一对婚外野鸳鸯。"

奈杰尔意识到本廷克-琼斯瞥了自己一眼，目光犀利，所以他假装还没听明白，问："你这是什么意思？"

"嗯，年轻的特鲁博迪小姐和杰出的讲师杰里米。"

奈杰尔假装愤慨，其实内心很宽慰："哦，算了吧！杰里米也太老了，足可以做特鲁博迪的——"

"这是一个案例，"本廷克-琼斯兴高采烈地说，"费思已经成熟到可以从大树枝上掉落下来了，记住我的话。但这种事情对于一个公众人物来说是危险的。或者，"他又补充道，"对于一个女人来说也是如此。"

"可特鲁博迪小姐也不是公众人物啊。"

"我想的不是特鲁博迪，老头。"本廷克-琼斯用最轻松的口吻说道。

突然，一阵骡夫嘈杂的叫喊声和嘎嘎的蹄声从上面传来，在那里，从堡垒般的修道院蜿蜒而下的小路通向山坡，白色房子的飞边环绕着地基，现在就在四分之一英里以外了。原来，骡夫们把第一批顾客放下后，赶着骡子下山接更多的顾客。小路很窄，在这个地方，两侧都不能下。骡子像雪崩一般倾泻而下，带来了一团尘土，还有一股石流，猛地向奈杰尔和他的同伴撞去,把他们压到路的一侧。在正常的兴奋刺激下,奈杰尔的骡子突然转向它的宿敌,就这样,本廷克-琼斯被扔了出去,然后滚下了斜坡。幸运的是,这里并不陡峭,一块大岩石挡住了他,他爬上小路,被骡夫扶上了骡子。作为这群人的笑柄,他带着一种倔强而愉快的表情,下定决心表演马术发挥良好的样子。

当他们继续前行时,奈杰尔温和地对本廷克-琼斯说:"自尊似乎不是跌倒前的唯一。"

"自尊是什么?我不明白你的意思。"本廷克-琼斯的眼睛已经不再习惯性地闪闪发亮了。

"没关系。很抱歉,骑骡又颠簸又无聊。我就是没办法用一根缰绳控制这头骡子。"

"哦,没关系,奇怪的是,我不需要起诉和要求赔偿,我希望。"他说到"起诉"这个词的时候有一点点重音,"我总是喜欢友好的安排,你不是这样吗?"

"摔得很重,但放得很轻?这种事?"

"可能吧,这要看情况了。"

"很高兴发现你不服输的样子,虽然很血腥。这取决于什么?"

"我们可以说,能损失多少。"本廷克-琼斯指着一群站在通往村庄台阶底部的人说道,"啊,马辛格小姐,迷人的女人、天才。我听说她被委托做皇室肖像半身像,这是多好的证明啊!"

"还有查尔默斯的孩子,"奈杰尔说,他那双淡蓝色的眼睛紧紧盯着本廷克-琼斯的灰色小眼睛不作回应,"她让我想起了华兹华斯。"

65

"华兹华斯？上帝啊！"

"你还记得那些诗句吗？'河边的普里姆罗斯，对于他来说，是一个简单的吸盘。'"

这一次，本廷克－琼斯先生似乎发现自己无言以对了。当他们从骡子上下来以后，他就离开了，看上去若有所思。普里姆罗斯瞥了一眼他离开的背影，威尼斯船夫帽下的脸上没有表情。

在修道院的院子里，主教讲了二十分钟东正教。然后，希腊导游们带着大队人马去参观既黑暗又富丽堂皇的小教堂、拥有735卷拜占庭经卷的图书馆，还有修道院的其他特色机构。奈杰尔注意到，他和克莱尔走到哪里，普里姆罗斯就如影随形地跟到哪里。毫无疑问，这孩子希望他持有某种邪恶的信息，并与其中一位僧侣交换。僧侣很多：这些男人有着古铜色的皮肤，留着胡子，相貌英俊，身材高大，对来访者露出迷人的微笑，帽子和长袍可能是马卡里奥斯主教的翻版。奈杰尔判断，普里姆罗斯跟在他后面转比监视其他同行的游客要无害得多，尽管如此，这孩子还是令人讨厌。他们已经出现在修道院的屋顶上，观看令人难以置信的海洋全景。当岛屿展现在他们下方时，奈杰尔向普里姆罗斯走去，问道："大象的孩子今天怎么样了？"

"你是说我吗？"

"是的，大象的孩子有着永不满足的好奇心。"

"哦？"

《恰如其分的故事》显然不是查尔默斯家族的必读之作，他们并不鼓励恋物癖。

"我真的不是乔装打扮的埃奥卡特工。"奈杰尔说道,既一本正经又和蔼可亲。

普里姆罗斯以一种冷漠的表情盯着他,然后,脸上出现了一个狡黠的神情,轻蔑地说道:"哦,那个呀!你认为我真的相信这种胡说八道吗?"

"一开始是相信的,是吗?"

"所有那些间谍的东西都是海市蜃楼,我很快就看穿了。"

"但愿没有更糟糕的事。"

普里姆罗斯再次显得狡猾而神秘。奈杰尔试探地蒙了一下:"现在你有更好的事要做了?"

"我不明白你的意思。"

奈杰尔说:"好奇心是值得赞赏的,也可能是危险的。好奇害死了猫。"

"什么猫?"

奈杰尔放弃了。那个胖孩子只是站在那里,透过她那厚厚的眼镜凝视着他,用她那平淡、迂腐的声音回答他,就像口述录音机播放对话一样,跟她似乎不可能有任何人与人之间的接触。后来,奈杰尔很遗憾他没有坚持下去。

6

快到中午的时候,一行人下山去看山洞,人们认为,流亡的圣约翰在那里完成了《启示录》的写作。山洞里非常昏暗,直到他们的眼睛习惯了黑暗，才觉察到山洞被建成了一座教堂。低矮的天花板，高低不平的地板，一盏霓虹灯的微光，压低的人语，让人感觉这里是一个谜的中心。

索尔韦主教作了一个简短的演讲，读了《启示录》中的一段话，他那低沉的声音在黑暗中像一条翻滚的河流，隆隆作响。然后他请大家一起祈祷。

他刚刚开始祈祷，就听到一个女人的声音突然变成狂野的、咕哝的、喋喋不休的声音，在这个空洞的地方听起来很不自然："带我出去，梅丽莎！我受不了！黑，太黑了。让他停下来！让我出去，这就像被活埋一样！"

众人感到震惊，一片寂静。接着，一阵窸窸窣窣的声音，梅丽莎把兰瑟从山洞里带了出去。被打断的主教又开始祈祷，声音洪亮，高贵的话语像净水一样传了过来，他们都说了"阿门"，这绝非敷衍。

当他们走出洞穴教堂时，奈杰尔请主教和自己一起步行去港口，准备出发时，奈杰尔说："我很担心安布罗斯小姐，不应该把她这个病人交给普伦基特医生处理吗？"

主教回答说："有点难对付。"然后，他又笑了，"要么去教堂？"

"我认为她两者都需要。但还有其他方面。"奈杰尔犹豫了一下。然后，他从钱包里拿出一份文件，递给主教，"这当然是机密。"

"这是什么？……哦，来自警察助理C……嗯，我从来没有想过你会在那个世界里行走。但是，我亲爱的朋友，安布罗斯小姐不是罪犯吧？"

"据我所知不是这样,但我害怕更糟糕的不愉快会在这次航行中爆发,除非——你看这里,如果你能把所知道的有关安布罗斯姐妹的情况告诉我,我将非常感激。那天晚上吃晚饭时,你说过,当她们还是孩子的时候,这是一个伤感的故事。"

索尔韦主教仔细地审视了一眼奈杰尔,他所看到的似乎使他满意:"很好,如果你觉得有帮助的话。在我从事教区工作之前,我和E.K.安布罗斯是圣特雷莎学院的研究员。他结婚了,所以没有住在大学里,但我曾经多次见过他的家人。我第一次见到梅丽莎时,她大约七岁;兰瑟比她小一岁,母亲在生兰瑟的时候难产死了。"

"啊。"

"是的,这很好地解释了这一点。E.K.安布罗斯无法阻止自己对兰瑟的怨恨,恐怕他也表现出来了,对她态度冷淡。兰瑟是个敏感的孩子,她一定注意到了父亲为公平所做的努力,但她一定也感觉到自己被排斥了。"

"而梅丽莎却是最受欢迎的?"

"是的,她是一只狡猾的猫咪,能把老安布罗斯缠在她的小指上化作绕指柔。"

"我想,这看起来更吸引人。"

"哦,我不知道。她们两个都是漂亮的孩子。当时,事实上,她们非常相像。但是,梅丽莎有那些哄人的把戏,而兰瑟却'杀'了母亲,所以呢……"

奈杰尔联想道:"兰瑟试图通过向她父亲求教学问来达到平衡。"

"你很有洞察力。是的,但那是相当可悲的。兰瑟总是比姐姐聪明得多,她认字快,等等。她过去常常把小小的智慧胜利放在父亲脚下,而父亲却无法真正接受,不得不假装有兴趣和热情。兰瑟会看穿的,她试过很多方法来抓住父亲的心。"

"毫无疑问,是偷窃吗?"

"是的,恐怕那是其中的一个手段,这一阶段没持续多久。耍活宝是另一个手段。她是一个非常善于模仿的人,她过去常常模仿来家里的大学老师来逗 E.K. 安布罗斯发笑。这确实赢得了他的心,但只是当她表演的时候。她是一个聪明的小东西,但是紧张、焦虑,即使在那些日子里,她太努力了,所以会永远皱着眉。我是不是在胡说八道?"

"一点儿也不。她曾经试图变成一个假小子吗?"

"什么?哦,我明白你的意思了。是的,那是后来的事,我好像记得。她开始经常玩游戏、骑马、打网球,给父亲当球童,诸如此类。当然,她很小就开始学习拉丁语和希腊语,但是没用。当一个孩子如此迫切地想要爱的时候,真是悲哀,而且——"

"梅丽莎怎么样?她和兰瑟合得来吗?"

主教犹豫了一下:"那是很久以前的事了,我不记得她们吵过架。但我怀疑两人是否很亲近,毕竟她们没有太多共同点,而且对梅丽莎来说,一切都那么容易,当然,知识生活除外,当然,她不需要知识生活。"

"所以她被彻底宠坏了?"

"嗯，事情进展得太顺利，对任何人都不好。我完全赞成在童年和以后要有少量的挫折感，否则，长大后，会以为自己是宇宙的中心。对 E.K. 安布罗斯来说，除了自己的研究，梅丽莎就排在他的第一位。"

两人沉默了一分钟，穿过了一段崎岖不平的小路。然后，奈杰尔若有所思地说道："现在梅丽莎是一个富有的寡妇，而兰瑟是一个失败的女教师。一事如意，万事顺利。"

主教的眼睛在灰白的眉毛下快速转动，又给了他一个犀利的眼神："我不明白你想拿过去的历史派什么用场。"

"啊，如果这是过去的历史——"奈杰尔打断了他的话，"我自己都不知道。我对人很好奇，倾向于和人打交道。"他继续慢条斯理地说着，"我一生大部分时间都在涉猎犯罪学。我曾帮助绞过不少杀人犯，但从未阻止过犯罪。"

"但是你认为你在这里可以阻止什么犯罪？"

"如果我知道的话就好啦，我只是觉得在蒙纳罗斯号上到处都有太多的爆炸物。"

"我能做点什么吗？"主教直截了当地问道。

"你可以祈祷，"奈杰尔严肃地说，"尤其是为兰瑟·安布罗斯。"

7

在一家小餐馆的树下悠闲地用过晚餐，奈杰尔和克莱尔去了浴场，发现那里已经很拥挤了。一些乘客仍在探索帕特莫斯，有几个人回到了船上。但不久前,他们中的大多数人从码头上拿了游泳衣和野餐午餐,然后去了海滩。

奈杰尔有一个理论,因为消化过程在饭后四十分钟才会开始,在这段时间里游泳是再合适不过了。海水温暖宜人,有太多的盐分,所以人会在丝绸般的海面停留并浮起来。奈杰尔游了五十码[①],然后翻了个身躺在海上,他紧闭着眼睛,抵挡着耀眼的阳光,头脑一片空白。尼基从身边疾驰而过,他那黑色的脑袋像海豹一样光滑。游泳者的喊声和笑声似乎穿过一片薄雾,无声地传来。就像在恍惚中听到的声音一样,鲁克雷塞的一行诗句在奈杰尔的脑子里被不合理地重复了一遍:"淹死在岸边等于死了两次。"他模模糊糊地感到心烦意乱,于是游回了陆地。

在他上岸的地方,兰瑟·安布罗斯背靠岩石蜷缩地坐着。奈杰尔和她打招呼:"不进去吗?"

"我不会游泳。"

"这里有点浅。"

"我害怕海胆。"

当乘客们第一次在得洛斯岛游泳之时,尼基就警告过他们,要注意这些令人不快的生物。如果有人踩到它们,它们的脊骨会在人肉里折断,就像玻璃碎片。

"哦,我想这里不会有,"奈杰尔说,"它们只会出现在岩石上,

[①] 码(yard),英制长度单位。1 码等于 0.9144 米,下同。

你可以透过水看到它们，那些白色岩石上的黑色斑块。"

兰瑟吓了一跳，尽管她似乎没太注意，她眯着眼睛避开阳光，目光锁定在奈杰尔身后的某个点上。奈杰尔顺着她凝视的方向望去，看到梅丽莎头戴独特的橘黄色浴帽，正向彼得投掷沙滩球。彼得把球扔了回去。球打偏了，梅丽莎飞快地划了十几下水，不费吹灰之力地把球捡了回来。

"你姐姐游泳游得很好。"

"她善于社交，礼数周到。"兰瑟尖刻地回答。

"那是她的水肺吗？"奈杰尔指着附近的一个物体问道。

"不是，我相信是那个男孩的——他叫什么来着？"

"彼得·特鲁博迪吧？"

"是的。"

兰瑟似乎和普里姆罗斯一样难打交道。普里姆罗斯此时正和父母坐在几步远的地方看书。她穿着紧身蓝色游泳衣，肚子鼓鼓的。奈杰尔想，如果普里姆罗斯再不注意的话，会长成另一个兰瑟。他在生理上就有点反感早熟的女孩和精神失常的女人，因为她们都有面色苍白的脸，卵石似的眼睛和笨拙的身体。为什么兰瑟一定要穿着羊毛套头衫和粗花呢裙子大汗淋漓地坐在这里，总是无声地对姐姐提出要求呢？

奈杰尔对自己的生理反应感到羞愧，于是又尝试找了个话题和兰瑟交谈："主教在修道院讲得很好，不是吗？"

"哦，他懂行。"兰瑟粗鲁地回答。然后，她的手指开始在膝盖上扭动,"听说我后来在那个山洞里丢人现眼的事了?"

"那是一个会引起幽闭恐怖的地方。"奈杰尔温和地说。

"噢!但是没有其他人在那里踢、尖叫。不,一定是我。"她沮丧地补充道。

"嗯,你病了,你不能指望——"

"我知道你其实在想什么,"她突然脱口而出,"你以为我用病当借口。其实我只是一个歇斯底里、吹毛求疵的女人。每个人都这么认为,包括梅丽莎。"

"哦,不是的。"奈杰尔很沮丧地抗议道。

但兰瑟无视了奈杰尔的抗议,就像忘记了他的存在似的,她喃喃自语道:"当我离开的时候,他们会有不同的感觉。这会给他们一个教训,所有这些拈花惹草的人、无聊的人和有钱的妓女——"

"那么,你是想自杀?"奈杰尔的声音是如此冷淡冷静,有一种给兰瑟洗冷水浴的效果。

她停止了咆哮,惊奇地盯着他:"好吧!我必须承认!"

奈杰尔并没有停顿,而是用跟刚才一样没有感情的语气说:"你打算怎么做?"

"必须小点声!大家都能听到。"

"没人听。你是要自杀,还是要激怒别人借刀杀人?"

"我——这太棒了。你一定是疯了。"

"有小彼得,还有杰里米·斯特里特,他们都渴望喝你的血。你最近又树立新的敌人了吗?或者说你是自己最大的敌人?"

这种休克疗法对兰瑟有什么影响,他无法判断,因为这时,梅丽莎和彼得从海里出来走向他们。彼得盯着梅丽莎,就像狗盯着女主人一样。当注意到兰瑟时,他简单点了点头,拿起自己的水肺走开了。

"你好,你好!"梅丽莎高兴地说,"嗯,我已经为青年俱乐部尽了我的一份力量。现在我可以放松了。"她只穿着比基尼:棕色的皮肤完美无瑕,还没有生出皱纹;那宽阔丰满的翘臀与小小的窄肩膀形成了鲜明对比;还有她那优雅的动作,当走上海滩时,她给人的印象是完美的对称体。

"一定要穿上这个,梅尔。"兰瑟说着,把一件沙滩长袍扔给了梅丽莎,"这件奇装异服在里维埃拉地区可能很好,但希腊人并不喜欢。"

"你怎么知道希腊人不喜欢什么?"梅丽莎心平气和地回答。兰瑟突然把头转过去。她认为梅丽莎指的是尼基,奈杰尔琢磨着:哦,天哪。

梅丽莎把口红和镜子从矩形柳条篮子里取出,那个篮子就像一个公使的箱子,然后她开始往性感的嘴唇上涂口红。一切都很正常的样子,奈杰尔简直不敢相信他刚刚与兰瑟有过那样的谈话。

梅丽莎一边在篮子里翻找,一边问兰瑟:"亲爱的,你一直在用我的剪刀吗?"

"干什么?为了剪开我的血管?当然没用。"

"别傻了。哦,给你。"梅丽莎转向奈杰尔,举起从篮子里拿出的一串葡萄,"吃点葡萄吗?"这个动作让她的长袍散开了,于是,就好像她的身体在对着奈杰尔梳妆打扮似的,她嘴角颤抖着,眼睛紧紧地盯着他,以至于奈杰尔仿佛要很费力地才能把自己拖走似的。在几秒钟内,这种无耻的、几乎是咄咄逼人的邀请姿态保持着。接下来,梅丽莎撤退了,就好像回到自己的疆界里一般。

"她就是忍不住。"奈杰尔吃着最后几颗葡萄,一边走一边自言自语道,"也许她几乎不知道自己在做什么。夜妖莉莉丝,诱惑者,危险的原始力量。"

克莱尔和一群人坐在一起,有费思父女、杰里米,还有高处海滩上无处不在的本廷克-琼斯。费思穿着游泳衣就不那么迷人了,反而暴露出她纤细的四肢、锁骨的骨节和圆滚滚的肩膀。但是,她和杰里米聊天时,满是雀斑的脸有着天真无邪的魅力和活力。

"你看见彼得了吗?"当加入这群人后,奈杰尔问特鲁博迪先生。

"他带着水肺去了什么地方。"

"他说他想在那些岩石上试一试:那里有深水。"费思告诉他们。

"我真希望他小心海胆。他真是个鲁莽的孩子。"

"哦,别胡闹了,爸爸!"费思又转向杰里米。杰里米全身涂满了油,古铜色的身体在她身旁伸展着,"你从来没下过海吗,杰里米?"

"与海神波塞冬相比,我更喜欢太阳神阿波罗。"杰里米轻描淡写地说。

"这里的水绝对是梦幻般的。我敢打赌你是个超级游泳运动员。"

杰里米的微笑几乎成一种假笑。面对这种女学生式的奉承,他似乎多少都能照单全收。奈杰尔怀疑杰里米喜欢阿波罗可能是由于他根本就游不好,而虚荣心则不允许他在公开场合露怯。

"好吧,我又要下去了,"本廷克－琼斯宣布,"你来吗,特鲁博迪小姐?"

"不,还不到时候。"

本廷克－琼斯是一个荒谬的奇观,他倒腾着两条短腿蹦蹦跳跳地进入水中,但是,一旦到了海里,他却表现得非常熟练。

"愚蠢的小矮子,"费思生气地说,"他为什么总是在这儿闲逛?"

"他是个感情寄生虫。"杰里米的语调像寡淡无味、尚未酿熟的干红葡萄酒,让奈杰尔咬牙切齿,"大概他没有自己的生活了,所以他不得不依附于他人,才有了这种虚假的生命力。"

"这家伙靠什么谋生?"特鲁博迪先生问道。

"在去威尼斯的火车上,他由于某种原因缠着我,他告诉我他有出口生意,但没向我推销什么。当然,除了他自己。"

"或者让你回购什么?"奈杰尔低声说道。

杰里米的眼睛被太阳眼镜遮住了:"让我回购?我不明白,但是商业世界的程序对我来说都是希腊式的——除了我懂希腊语。"

特鲁博迪先生插嘴道:"啊,克里斯托弗·弗莱,我们商人并不都是市侩,你知道的,斯特里特。"

"的确不,"杰里米漫不经心地、优雅地挥手作答,"我发现艺术界最开明的赞助人来自大型工业企业,但仍有很大的扩展空间。"杰里米本身就自带一种赞助人的气质,奈杰尔觉得这令人难以忍受。

他们还在讨论这个问题的时候,费思大声喊道:"怎么了,有什么事吗,彼得?"

这时,彼得沿着海滩向他们走过来,脸色苍白,面色严峻。他把水肺扔到了父亲的脚下,说:"有人想淹死我。"

"淹死你?什么意思?"费思大声喊道。

"我刚深潜了一下,就发现水肺失效了。看,看到管里有个洞吗?"

"一定是坏了——"

"把我的脚弄坏了!事实上,我肯定一个小时前用的时候还没问题。有人在上面扎了个洞。在再次浮出水面之前,差点让我窒息。"

"我可以看看吗?"奈杰尔问道。

"给你。我知道是谁干的,更重要的是,当我和布莱登夫人一起下去的时候,我把水肺留在了——"

"等一下,彼得,"奈杰尔打断彼得的话,他的声音那么权威,所以彼得突然停了下来。"我想和你谈谈。"然后,奈杰尔把彼得带到海边一片空旷的地方:"在你再去和安布罗斯小姐吵架之前,记住,她在精神上处于不稳定的状态,而且关于水肺,你没有证据。那段时间,你把水肺放在了一个任何人都能接触的地方。"

"我不想和安布罗斯小姐吵架,当然也不想当着梅尔——她姐姐的面吵架。"彼得带着他这个年龄的那种自负说道,"我只想问她一个简单的问题,她有没有破坏这个设备?"

"如果她说没有呢?"

"嗯,我——"

"没错儿。你对此无能为力,我亲爱的小伙子。"

"可这太离谱了,"彼得气急败坏地说道,那语气会跟他三十年后在俱乐部里抨击罪大恶极的预算案一样,"那个女人一定是疯了。"

"你能用指甲剪剪出这样的洞吗?"

"如果你坚持剪下去的话,我想应该可以的。橡皮相当厚。为什么?"

"那样的话,可能就是兰瑟干的。"

"那好吧!"

奈杰尔看到一绺湿头发正垂在彼得的额头上,他不置可否地盯着对方怒火中烧的眼睛:"你似乎没有问自己一个显而易见的问题。"

"显而易见的问题?"

"是的,她为什么要这样做?"

彼得避开了他的目光:"当然,因为她疯了。"

"可以说,不是为了先让她挨一拳吗?"

"到底是什么?"

"嗯,你威胁她。你告诉她你要'采取措施',而且'其他人也可能怀有报复心'。"

"你听我说,"彼得咆哮道,"你到底是谁?你花时间偷听别人的私人谈话吗?"

"噢,别说了!我不容忍正义和不义的愤怒。你对一个生病的女人进行了卑鄙的威胁,不管她过去做过什么,或者你认为她做过什么,如果你一定要继续报血海深仇的话,那么,当你的对手戳你时,就不要抱怨。"

"我没有抱怨，见鬼。我完全理解不了——"

"有很多东西你绝对理解不了，比如说，兰瑟·安布罗斯不是那种女人，一受胁迫，就把你想从她那里得到的给你。"

"我想我应该求助于她善良的天性？"彼得嘲笑道，"她没有善良的天性。问问费思，如果你知道的那么多的话——"

"我只知道你在玩炸药。"奈杰尔严肃地说道。

"绝对是一次犯规，她对我妹妹犯下了大错。我要负责把它纠正过来。"

哦，上帝！奈杰尔想，他就像一个吹毛求疵的政客，在宣告"在……之前，我们不会刀枪入库"。奈杰尔平静地问："你确定你没有把正义和复仇混为一谈吗？"

一时间，彼得显得犹豫不决，脸又绷得紧紧的，满是倔强，然后，他一句话也没再多说，拔起腿来就走了。

第三章

毁 灭

1

第二天早上9点，一些乘客上了船桥下的日光甲板，蒙纳罗斯号朝卡林诺斯岛进发。一些导游书声称，这个岛是多德卡尼斯群岛中最美丽的岛屿。卡林诺斯海港位于一个宽阔的后海湾，在海湾上方，一层层房屋依山而建，一层比一层高。克莱尔盯着城镇的一部分，这一部分从船首左舷升起，距离、阳光和陡峭的山峦形成了一个投影缩减效应，因为缺乏视角，使整个城镇更像一幅吉卡创作的画，而不是一个立体的城镇。房子提供的背景为色彩明亮的立方体，有白色、天蓝色、雷基特蓝和蓝色。这些蓝调和白色的纯正色调赋予这个场景一种原始的纯真感，克莱尔觉得很迷人。

"在'人人都喜欢的地方，只有人是卑鄙的'。"这时，本廷克－琼斯那厚实的声音在她身边响起。

"哦，早上好，"克莱尔说，"是的，这很奇怪，也很合适。但是你认为人是卑鄙的，或者说这里比其他任何地方卑鄙？"

"只是一种说话的方式,亲爱的女士。"

克莱尔对"亲爱的女士"这类称呼零容忍,她有点烦躁地说:"我希望诗人们说话之前先想一想。"当看到对方沮丧的表情,她让步了,说,"你认为这是城市规划的结果吗?我无法想象希腊人会允许自己被城市所规划。"

"我不太——"

"那些房子,都刷成白色或蓝色。"

"哦,那是从意大利占领时期开始的。他们用油漆把这个城镇粉刷成了希腊的颜色,是一种抗议,从那以后他们一直这样保持下来。"

"对他们来说很好。如果他们是共产主义者的话,我想他们会把这个城镇粉刷成红色。"

本廷克-琼斯谄媚地笑了笑,马上问道:"你今晚要去参加舞会吗?"

"我想我会去的。"

"那么也许我有幸——"

"啊,那要看斯特雷奇威先生了,"克莱尔一阵狂怒,不管不顾地说道,"他忌妒得要命。"

本廷克-琼斯先生的脸上流露出一种专注的神情,陷入了沉思。

"哦,是的,"克莱尔咕哝着说,"有一次在舞会上,有个人对我动手动脚,奈杰尔不喜欢,大打出手,结果对方断了两根肋骨,被送进医院,脸上缝了十二针。当然,这件事被压了下来,因为这个人碰巧与皇室有关系。"

"皇室？真的吗？"在这段时间里，本廷克-琼斯听着这个冗长曲折的故事，一直怀疑地看着克莱尔。他很快就离开了，大概是为了吞咽和消化这个故事，如果他能吞咽和消化得了的话。

克莱尔注意到梅丽莎和尼基一起靠在栏杆上，兰瑟则坐在不远处的躺椅上。尼基似乎在指着港口左边海岸线上的某个地方，他的手指在动，好像在指示一条通往城镇的路。引起懒洋洋的克莱尔注意的是，尼基的手势有些克制的意味，带着一种隐秘的神情不时地左顾右盼，好像是为了确保他说的话没有被偷听似的。但是，如果这一对在计划一项幽会，那么，确保兰瑟听不到几乎是不可能的。

然而，今天很可能是他们的第一次机会。没有关于卡林诺斯岛文化目标的重要问题，所以，直到今晚的讲座和按照计划随后举办的舞会之前，尼基几乎没有什么公务。

蒙纳罗斯号抛锚了，汽笛呼啸着，从山上传出懒洋洋的回声。听到汽笛声，兰瑟痉挛地抽搐着，然后用手捂住耳朵。几分钟后，小船载着乘客从港口驶出。

奈杰尔和黑尔夫人跟克莱尔一起坐在日光甲板上，看着那些原始的小船越来越近。尼基走过来向他们打招呼。

"我们在这里能干什么？"黑尔夫人问道。

"你必须买块海绵，夫人，"尼基回答，"我会亲自给你选一个，只须支付——"

"可我不能整天买海绵呀。"

"卡林诺斯岛的主要产业就是海绵捕捞，"尼基接着说道，"不下三千个男性居民有这种业余爱好。他们整个夏天都不在家，而是到北非海岸潜水捞海绵。然后，"一个灿烂的微笑打亮了他的面庞，"几年后，他们就完蛋了，肺病。你知道吗？特别伤感。"

"嗯，我什么时候买海绵？"

"有很多交通工具可以带你去海滨浴场，这里的浴场真是太棒了。或者你可以步行去探索这个岛。居民很友好，你是知道的，他们喜欢看游客。"尼基又笑容满面起来，他的美国口音变得更加明显，"是的，在这样一个死气沉沉的洞里，他们真的很高兴有客人来。"

"对贸易有好处，是吗？"奈杰尔说道。

"是的。还有人类的兴趣。哦，天哪！"尼基笑嘻嘻地回答。

"好吧，我们再见。"

"我认为，鉴于整个夏天有三千名男性都不在家，那么，在这些人中，有很多女性都会对人类的兴趣感兴趣。"黑尔夫人冷淡地说道。

克莱尔认为，尼基似乎处于一种比平时更为兴奋的状态，看起来他真的和梅丽莎有约。但是，他们打算怎样摆脱兰瑟呢？

2

"为什么我们要有这些荒谬的登陆卡？我知道我迟早会把卡弄丢！"梅丽莎惊叫道。

"繁文缛节，纯粹是繁文缛节。"本廷克-琼斯先生哼了一声。

人们听到了普里姆罗斯那平淡而迂腐的声音："登陆卡方便，如果我们没有登陆卡的话，每次上岸就都得出示护照。"

"这个烦人的孩子为什么一直跟着我们？"兰瑟喃喃地说，大家都听得一清二楚。

"我没有跟着你，我站在你后面排队。登陆卡也很有用，以便乘务长检查所有下船的人是否又回到了船上。我倒觉得这是很有必要的。"

"不许无礼，小姑娘！"兰瑟厉声呵斥道。

"我只是在陈述事实。"

"我确信我女儿无意冒犯你。"普里姆罗斯的母亲用抚慰的声音说。

兰瑟却一点儿也没有得到抚慰："是我想让学校女生给我讲课，我在自找麻烦。"说着，她的面部抽搐起来。

普里姆罗斯的父母仍然无动于衷。这种抵抗对普通的分析师来说很平常。因为人们觉得就算蒸汽压路机从他们身上压过，也不会把他们碾碎。然而，普里姆罗斯对神经质的爆发却没么敏感，她恶狠狠地看了兰瑟的后背一眼，似乎马上就要回来再次挑起争端。

然而，就在这时，队伍开始向舷梯移动。梅丽莎一只手拎着柳条箱，一只手扶着妹妹走下陡峭的斜面。

与此同时，奈杰尔已被特鲁博迪先生和其他人带到休息室一个安静的角落。费思和彼得的父亲是一位相貌出众的老人，他留着白胡子，有着富商巨贾的自信和权威的风度："你不会马上上岸吧？"这与其说是一个问题，不如说是一个声明，尽管表达得彬彬有礼。

"不会，我们还有整整一天的时间呢。"

"我想和你谈谈彼得的事,我不知道昨天下午你对他说了什么,可是——"

"他没告诉你吗?"

特鲁博迪先生笑了:"彼得并不总是对我有信心,但我能猜出来,有点头疼。他发誓说是兰瑟弄破了他的水肺,然后,他想让我和她谈谈。"

"我明白了。"

"此事另有隐情。你看,彼得和费思是双胞胎,而且彼此非常亲近。彼得脑子里想的是,费思去年不得不离开学校,兰瑟是幕后黑手——我的意思是说,那个兰瑟这样做是出于个人的怨恨。"

"那你个人怎么看?"

"我对校长的叙述一点儿也不满意,但我无权抗辩,所以我不得不把费思带走。"

"现在彼得在打仗?游击战?"

特鲁博迪先生老来得子,现在,一个鳏夫想要宠坏他们,或者让他们走自己的路。奈杰尔猜测:这对双胞胎的成长并不是一个完全有利的证明。

特鲁博迪先生看起来只是有点生气:"游击战?这肯定有点夸大其词了!"

奈杰尔决定不把克莱尔在得洛斯岛无意中听到的告诉特鲁博迪先生,他说:"彼得想为他的妹妹伸张正义,他告诉了我。我不能肯定,他在推进正义事业的过程中有多谨慎。"

"这孩子一点儿也不坏,你是说——"

"你看到水肺管上的洞了吗?"

"当然。"

"你认为用一把小小的指甲剪能把它剪开吗?假设说,二十分钟?"

"你在想什么?"特鲁博迪先生洞若观火地瞥了他一眼,问道。

"有可能是彼得自己扎的洞。"

"但这是一个荒诞不经的推测。纯粹是情节剧。"

"年轻人完全可以是情节剧。那么,如果是安布罗斯小姐干的就不那么荒诞不经了吧?她想淹死你儿子?"

"这个女人精神失常了。"

"我同意。但我怀疑她是否能用指甲剪剪出那个洞。我们猜想她在附近藏着一件又大又尖的器械,心存侥幸,希望有机会拿到彼得的水肺,破坏水肺。"

特鲁博迪先生抹了抹他那整洁的胡子,他很震惊,但是,还是有能力根据一个命题的优点来下判断的:"彼得能指望从这样一个非同寻常的把戏中得到什么?"

"好吧,也许他希望这会在安布罗斯小姐和你之间一决雌雄。"

"我不明白你的意思。"

"他认为,不管是对是错,她都应该对你女儿在学校遇到的麻烦以及由此引起的脑发热的行为负责。他相信是兰瑟迫害了费思,这是可能的,但我不认为这是事实。彼得决定对兰瑟以眼还眼,以牙还牙。"

"哦，好啦，好啦！是的，都是孩子气的恶作剧，不是这么冷血的报复。"

"嗯，当然，你最了解彼得。正如他所说的那样，他非常想要还费思一个清白，也许他是这么想的，如果他能让兰瑟崩溃的话，兰瑟就会被迫承认对费思的指控都是假的。我所说的迫害运动就是这个意思。"

两人陷入一片寂静之中，特鲁博迪先生摆弄着金烟盒，拿出一支烟，叮了一会儿，又放了回去。奈杰尔猜测，他在试图调整心目中彼得的形象，像掷骰子似的：儿子17岁，很传统，不是一个浮夸的自命不凡的学生代表，而是体形修长优美、生活健康正派的人，竟然在这样的浑水里玩耍。特鲁博迪先生终于开口问道："你是怎么得出这个结论的？"

"我认为如果把兰瑟推到了悬崖边，对任何人都没有好处，包括彼得和费思在内。"

"不，"特鲁博迪先生又停顿了一下说，"我简直无法相信这一点，我总觉得彼得是个负责任的孩子，虽然他在本质上却是不计后果的。但是，他正处于一个一板一眼的阶段，有点自高自大、自命不凡。我看不出他表现得这么幼稚，他可能认为这有失他的尊严吧。"

"也许是因为海上的空气吧。"

特鲁博迪先生皱了皱眉，在他看来这是轻率的判断。

"游轮生活，"奈杰尔继续说，"的确会滋生不负责任的行为，看看船上的这些'浪漫故事'。17岁的男孩很容易退化成孩子，尤其是当他们在学校承担了过多的责任时，这也算是一种补偿吧。"

"你可能是对的，"特鲁博迪先生轻快地说道，那样子就像在宣布商务会议结束，"我会看着这个男孩的。说到船上的浪漫故事，彼得对妹妹有点温柔，你注意到了吗？哦，初恋不会对他造成伤害。迷人的女人，也许她会把这些关于兰瑟的胡说八道从他的脑海里彻底清除。"

奈杰尔想，是的，这一切都很简单，很文明，但是，就像很多商业高层一样，你并没有太多时间去处理个人道德问题。

3

克莱尔和奈杰尔坐在一家面向港口的小咖啡馆外面，喝着茴香烈酒和冰水。他们看到，似乎卡林诺斯岛的全体居民都已经出来检查访客了。有个英俊的男孩端着一盘蛋糕，在他们的餐桌前停了下来，被咖啡馆老板赶走后，很快就卷土重来了。奈杰尔买了一些蛋糕，克莱尔拿出素描本，开始给男孩画素描。一大群孩子立即聚集过来，然后，一名旅游警察把他们遣散了，而警察一离开，他们就重新聚拢起来。男孩都赤着脚，皮肤黝黑，衣衫褴褛，有足够的活力为一家工厂提供动力；女孩们倾向于成群出现，与游客保持一小段距离，咯咯笑着或者执拗地盯着奈杰尔看。男孩们更大胆，他们围着克莱尔，向她脖子上吹气，还大喊着鼓励那个卖蛋糕男孩在克莱尔面前摆出各种各样的姿势。

不一会儿，克莱尔拿出那张纸，把素描给男孩看。男孩用双手接过，带着一种自然的崇敬，让克莱尔觉得非常感动，然后，他又选了四块蛋糕送给她，脸上洋溢着喜悦和骄傲的光芒。

一个更大的、看起来闷闷不乐的男孩一直站在附近，但他脱离了兄弟会的全体成员，现在离开了。卖蛋糕的男孩对克莱尔说："别理他。他是个政治人物。"

"那么，你会说英语啦。"

"我在学校学的。"

"你将来要去美国吗？"

"不，我要待在这里。我父亲是卡林诺斯岛最棒的面包师，我也要做最好的面包师。"

他们聊了一会儿之后，那个看起来闷闷不乐的男孩回来了，只见他的手腕上扭动一条小章鱼。他把章鱼在鹅卵石上摔打了很多次。克莱尔正要抗议，但卖蛋糕的男孩却说："摔得再软些，口感会更好。"

那个闷闷不乐的男孩往后甩了甩头发，小心翼翼地朝克莱尔微笑着，把章鱼递给她。她欣然接受了。过了一会儿，奈杰尔得体地给了男孩一张五十德拉克马的纸币。男孩盯着纸币，脸上依次展现出惊讶、猜疑、贪婪和骄傲的神色，然后，他笑得合不拢嘴，带着那张纸币跑了，好像纸币是偷来的一样。一群孩子大喊大叫地追赶着他，其中两个孩子情绪太激动了，竟然从码头跳进了海里。

"我到底该拿这条章鱼怎么办？"克莱尔绝望地问道，"章鱼还没死。"

"活吃吧,亲爱的。"

"熟了我都不爱吃,就像吃橡胶球条一样。喂,那不是尼基吗?"

他们看到肩膀宽阔的尼基正在距离他们一百码的地方独行着,有一两次环顾四周。虽然他还不至于算是踮着脚尖走路,但从他小心翼翼的步态来看就是不想引起别人的注意。他紧靠着白色和蓝色房屋的墙壁,在房屋的阴影里行走,一会儿就看不见了。

"汤姆猫在觅食,"克莱尔懒洋洋地说,"他在追求你那迷人的、深褐色头发的白人女子,我跟你打赌。"

"她不是我的——你怎么会这么想?"

"早餐后,我在日光甲板上看到过他们。尼基用手指着给梅丽莎看风景。他当时指着港口的左边——正是他现在走的方向。"

"哦,好吧,祝他好运。但是,"奈杰尔补充道,与克莱尔的想法不谋而合,"他们将如何摆脱兰瑟?"

"你看起来很帅,亲爱的,"克莱尔说,"在你穿得破破烂烂的时候。"

奈杰尔回头凝视着她:她那黑色的头发瀑布般地倾泻在双肩上,皮肤白皙而有光泽,就像几乎没有接触过阳光的木兰花;那双深邃、天鹅绒般的深色眼睛,还有淡玫瑰色的嘴。他感觉好像是初见克莱尔。有多少次,他都觉得与她是初见!他问道:"是吗?"

"是的。"她呼吸加快了一点,血液淡淡地笼罩了她苍白的皮肤。

"我们回船上去,好吗?"

"不,我要太阳照在我身上。你和太阳。"

"那么，让我们来探索这个岛吧。"

"好的。"

4

"你怕什么？"费思问杰里米，自己却在浑身发抖。

"怕你，亲爱的，还有我自己。"杰里米不安地环顾四周，山坡在他们脚下崩塌了，一片石头，空无一人。海上没有风，连头顶的松树都没有沙沙作响。那是下午的早些时候。

"你难道不明白吗？我爱你！"费思热情洋溢地说，几乎都快生气了。

"你很可爱，费思，而且很年轻。"

"我都 17 岁了。"

"我的年龄差不多是你的三倍。"

"年龄有什么关系？"费思的声音很凶，露出了她那些不规则的牙齿。

"你看起来像一只凶猛咆哮的小狐狸。"

费思又浑身颤抖起来："当和你说话时，我会情不自禁地发抖，就像风琴的踏板音符。"

杰里米脸上露出疲倦的表情："听着，费思，你还是个孩子。你父亲那么信任我。"

"该死的我父亲！如果你再说我是个孩子，我就揍你。但是，我料想有许多女人向你投怀送抱。"

"天哪,不!我现在是个落伍的人了。"这一次,杰里米声音中有了一丝真正的情感——自怜的情感。

"你是一个落伍的人?但是每个人都认为你很棒,你的演讲、你的书都很棒。"她用年轻人那种灾难性的诚实补充道,"每个人,只有布罗斯除外。"

女生的昵称激怒了杰里米。又一波沮丧,像反胃一样致命,从他身上掠过。他想到了自己昂贵的品位、日益减少的私人收入,图书的销量下降,请他担任讲师的服务需求锐减。至少他是这么说服自己的,从三年前兰瑟开始在《古典研究杂志》上攻击他时,这种下降势头就已经开始了。

兰瑟就像腐蚀性的酸,侵蚀着他的自尊和口袋。他对这个女人的反感已经积累了很长时间,给他的身体带来的毒害更大,因为虚荣心阻止他向任何人透露这么严重的伤害。他对失败的恐惧现在全都集中在兰瑟身上了,怨恨已经深化为仇恨,并可能很快演变成一种偏执。在他最后一次演讲后,她对他的公开羞辱,就像慢性胃灼热一样一直难以摆脱。

"你在想什么?"费思问道。

"安布罗斯小姐。"

"哦,你不必担心她。她只是个坏脾气的老女同性恋。"

"我不是担心她,"杰里米烦躁地回答道,"但她是一大公害。"

"实际上,我也恨她。"

杰里米低头看着躺在身边的费思,对兰瑟的愤怒和恐惧突然转移到了这个更没有自卫能力的猎物身上。他把费思拉到膝上,开始猛烈地吻她,好像在向她释放自己压抑的愤怒。

费思变得僵硬,锋利的牙齿紧紧咬合在一起,有点扭曲,然后,她用双臂搂住杰里米的脖子。不久,她靠在杰里米的肩膀上说道:"就像这样。"

"像什么?"杰里米咕哝着。

"冷酷、残忍,好像你恨我。"

"我应该为此恨我自己。"

费思不耐烦地摇了摇一头金发。尽管她如此痴迷,但当她听到这话时,当时就意识到了其中的不真诚:"恨你自己?只是因为吻我?别傻了。"

她声音中的些许轻蔑刺痛了杰里米的虚荣心。他把费思推倒在地,准备走得比接吻更远,此时他注意到在一百码之外的山坡上闪过了一道亮光。

"那是什么?"

"继续!和我做爱!"费思的眼睛闭着。

"我想可能有人在用双筒望远镜盯着我们,我看到了一道闪光。"

"噢,该死!"

费思孩子气的粗暴使杰里米厌恶地畏缩了。他从这个满脸通红、头发蓬乱的女孩身上下来。但是,如果有人在观察他们的话,一切都完了,特鲁博迪先生可是个有影响力的人。杰里米对费思说:"你父亲会搅了我们的好事，不是吗？"

"爸爸？为什么要让他知道这件事？"

"我是说，如果我告诉他，我想娶你的话。"

"娶我？"费思笔直地坐着，把脸转过来。哦，上帝，杰里米以为她会说"太好啦"，但她却说，"哦，不，杰里米。这完全是两码事。我不想嫁给你。我现在还不想和任何人结婚。"

"好吧，到底是怎么回事？"

"我当然为你痴迷，但我需要经验。"

"哦，我明白了，"他感到十分困惑，"我要上一门性爱基础课？这是你的主意？嗯，你似乎确实需要上一门课。"

费思偷偷地笑了，她第一次品尝到了作为女人的力量，她喜欢这种味道。她那双绿色的眼睛望着杰里米，现在不再害羞了："是的，你想要我。"

"我不想让那个拿着双筒望远镜的人冲向你父亲，告诉他我想勾引你。"

"是的，那会有点尴尬。"

"尴尬！"杰里米的头脑里充满了各种各样混乱的感觉，但是很快它们就都滑进了熟悉的深沟，在那里旋转开来。兰瑟应该对这种新的困境负责。如果她的敌意并没有成为他的困扰，他就永远也不会与费思陷入这种错误的境地。无论如何，他必须保持沉默。还有特鲁博迪先生。在航行期间，杰里米一直在讨好特鲁博迪一家，计划将特鲁博迪的部分财富转移到他本人将从中受益匪浅的文化项目上。他喋喋不休地以艺术赞助人的身份絮叨经营大企业的主题，努力给特鲁博迪先生留下深刻印象。但是，兰瑟在最后一次演讲中的表演，肯定是把一切良好的铺垫都搞砸了。与费思结婚，当然，他已经说服了自己，虽然他从来没有视其为一个正经八百的求婚，但这确实可以是一个孤注一掷的权宜之计。而今天晚上，在舞会之前，他不得不再讲一次课，也许这是他的最后一次机会，让自己在特鲁博迪先生精明的眼里重新树立形象，成为值得赞助的对象。是的，一定要处理兰瑟，从速处理。

杰里米看了看手表，突然站起来，背起装着他们午餐的背包，说："我得走了。"说着，他并没有看费思，即使是在他现在的心境下，因为对方没有试图挽留他，依然让他感到自尊心受了伤。

杰里米沿着山坡出发了。费思躺在松树下，脸上带着诡诈的微笑，几乎算得上是一种得意扬扬的表情。费思没有观察到，在一百码外的大石头后面，有个男人脸上的表情跟她是一样的，他的相机挂在脖子上，跟着杰里米朝港口走去。

5

那天下午晚些时候，普里姆罗斯和父母正吃力地走在从港口向西的那条小路上，那里尘土飞扬。上午，他们参观了山里的一家威尼斯人的歌剧院，吃过野餐，午睡了一觉后，现在想要寻找一个可以游泳的地方。

离小镇大约一英里的地方，蜿蜒的小路向右转弯，显露出一个悬崖和一个深海湾。在海湾的另一边,是一连串岩石,在岩石的上面,小路消失在另一个悬崖附近。在这些岩石中间坐着两个女人。梅丽莎的那顶黄色浴帽在灰黑色巨石的映衬下宛若苔藓。

查尔默斯一家绕过了小海湾,站在上面的公路上跟两个女人打招呼:"你们好!你们发现了一个多棒的游泳地点。我们可以跟你们一起分享一下吗?"

"这儿不好!"兰瑟站了起来,叫道,"因为到处是黑色的海胆,所以我们只是在晒太阳。"然后,她又补充说,再往前走半英里,就有一个安全的海滩。

"这么说就能把他们摆脱了,"当查尔默斯一家蹑手蹑脚地绕过悬崖走了以后,她对梅丽莎说道,"我没法一下午面对那个可恶的孩子。"

"你认为那里真的有海胆吗?"普里姆罗斯问父母,"还是兰瑟想把这一切都留给自己吃独食?"

"嗯,尼基也确实警告过我们,我们应该去一个正规浴场。"

"那里的水看起来又深又可爱。我打赌尼基一定偷偷告诉梅丽莎了。这样她就可以独自打滚嬉戏了。"

"好啦,普里姆罗斯。这不是一个很公正的评论,是吗?"她母亲温和地说。

"在布莱登夫人看来,尼基不是一个非常无私的人。"普里姆罗斯用教条的口吻回答。

"普里姆罗斯,"她的父亲说,"把任何问题过分简化,说全都源于性,这是不明智的。"他发展了主题,普里姆罗斯在他身边走着,下唇向前伸出，直到小路把他们引到了一条水泥路上，那里只有几间废弃的小屋，下面有一个小石滩。这不是一个很适合游泳的地方，但至少没有立刻就看见岩石，因此也就没有海胆。

普里姆罗斯心不在焉地玩了一会儿水，然后穿上衣服离开了父母。她的父母正在讨论梅勒妮·克莱因论《无力哀悼》发现的意义，并没有阻止她。她沿着这条崎岖的路往回走了半英里，因为有研究要做，所以很快就在小海湾西侧上方突出的悬崖附近开始了窥视工作。

在好奇心的驱使下，她走了这么远；在恐惧的驱使下，她不敢接近任何人。她希望证实自己的理论，即小海湾确实是一个安全、理想的游泳之地，但是，她对兰瑟的舌头有着合情合理的尊重——在她所在的开明学校里，在最大的挑衅面前，老师们从来没有像兰瑟那样对她说过话。普里姆罗斯要证明兰瑟声称有海胆是谎言，这将是令她感到欣慰的。

不幸的是，当普里姆罗斯环视悬崖时，小路和大海之间陡峭的、有卵石的斜坡挡住了她的视线，她看不到那对姐妹晒太阳的地方。她想爬得更高些，这样她就可以俯瞰她们。但就在这时，她被一个从突出的岩石下面逐渐浮入视野的物体所吸引。从它的形状和颜色上看，她可以推断出这个物体是什么——她的视力不太好，看不清楚。过了一小会儿，没有发生更多的事情。接着传来了水花飞溅的声音，一个游泳者乌黑光滑的脑袋出现了，那人找回了从岸上漂走的物体，然后再次游出普里姆罗斯的视线。

普里姆罗斯离开了她的有利位置，回到了父母所在的海滩。父母还在谈话,她从毛皮袋拿出了笔记本和钢笔。她发现钢笔已经没水了,于是从父亲那里借了一支铅笔,在不远的地方坐了下来,把最近的观察结果写了下来。当做笔记的时候,她把舌头从嘴边吐出来,她对自己感到满意。因为兰瑟撒了谎。撒谎,这是可能的,不仅仅是关于海胆,还有……

普里姆罗斯收起笔记本,想出了一个计划。半小时后,查尔默斯一家返回港口。太阳正朝着西边倾斜,因此,在他们走近海湾时,靠近海湾的一侧,现在已经隐藏在阴影里了。他们绕过了海角,看到在海湾对岸的岩石中间,一位身穿浴袍的妇女坐在充足的阳光下,正向他们挥手。当他们走近一点时,看到那是梅丽莎,她头上裹着一条毛巾:黄色浴帽、比基尼和连衣裙铺在一块岩石上,柳条箱放在旁边。

"布莱登夫人,你到底游过泳了吗?"查尔默斯夫人问。

"游过了,这边没问题。恐怕是我妹妹在大惊小怪。"

"好吧,别迟到了。蒙纳罗斯号再过四十五分钟就要走了,你知道的。"查尔默斯先生从小路上俯视着梅丽莎,好心地提醒道。

"我不会迟到的。"

"安布罗斯小姐在哪里?"普里姆罗斯问道。

"她往前走了,你们应该能追上她的。"

然而,他们在返回港口的路上并没有看到兰瑟。码头边上有一群乘客正在等下一条小船开动,把他们带回蒙纳罗斯号。黑尔夫人的纸袋里有一块巨大的海绵。彼得也跟其他人一样,坐在系船柱上,他没有凝视什么特别的东西,也许是在凝视脑海中的某个画面吧,眼里流露出一种忧心忡忡的病态神情，整个态度是如此沮丧，所以查尔默斯先生问他感觉还好吗。

"我为什么不好呢？看在上帝的分上，你是第三个问我的人啦，别烦我！"彼得粗鲁地咕哝着。

查尔默斯先生自言自语地说，这个男孩有过一次创伤性的经历。

6

"哦，天哪，我困了，"克莱尔打了个哈欠，"可现在才6点。"

"我一点儿也不惊讶。考虑到——"奈杰尔的话被蒙纳罗斯号汽笛发出的第三次吼声打断了，接着是那些准备把舷门拖上来的水手们突如其来的叫喊声和动作。一条小船正驶出港口，一个人站在船头疯狂地挥手。当小船靠到游轮边时，人们看到小船上有三个船夫、一群孩子、彼得和梅丽莎。

奈杰尔看着一个水手下舷梯去帮她。她蹒跚得很厉害，半边脸被头巾遮住了："我把脚踝扭了，我真傻。你们这些该死的路！"她对站在舷梯顶上的尼基说道。

"我会告诉普伦基特医生去你的客舱。"

"不，不，不需要，尼基。我不需要那种治疗。"梅丽莎目光深邃地看了尼基一眼，以低沉的声音补充道。她在包里翻找了一阵，把登陆卡递给了那个穿着白制服在附近等候的军需官，感谢了彼得的护送。然后，她提着柳条箱，蹒跚着向自己的客舱走去。

克莱尔的评论是:"他们确实这么做了。"

"谁做了什么?"奈杰尔问道。

"梅丽莎和尼基设法摆脱了兰瑟。我必须说,他们做得过了,过于小心谨慎了。"

"小心谨慎?"

"哦,坐不同的小船回来。梅丽莎假装扭了脚踝来解释她为什么迟到。如果真有什么问题的话,她会抓住机会,让一个帅哥医生抚摸她的小脚。"

"姑娘,"奈杰尔说道,但他却想起了在得洛斯岛,梅丽莎曾经弓着一只漂亮的小脚让他帮忙穿鞋,"我想尼基必须小心,如果有人投诉他跟女乘客来往,他会丢了这份工作。"

"我反对游轮生活的唯一原因就是,"克莱尔说着,又打了个哈欠,"会把我们都变成爱管闲事的人和爱八卦的人。"

当然,谣言在船上传播得比其他任何地方都更快、更怪异。一小时后,在吃晚饭的时候,黑尔夫人非常权威地告知克莱尔说,兰瑟在下午3点左右已经回到了船上。她中暑了,却一直待在客舱里,拒绝医生的服务。她补充说,杰里米一定很高兴,他今晚讲课时不会再被兰瑟注意上了。

"所以,"黑尔夫人补充说,"卡里蒙斯就是这样一个石头多得可怕的地方:除了海胆还是海胆,海里的海胆和陆地的海胆。但是,也产这个。"她把手伸到坐的椅子下面,拿起一块巨大的海绵,放在桌子上,准备让他们欣赏。

"我的妻子离不开它,"索尔韦主教说,"她随身带着它,走到哪里带到哪里,就像一个内疚的良心。"

"没有商店,求求你,亲爱的,我们人在旅途。"

晚餐快结束时,梅丽莎走到他们的桌子前,手里拿着一盘水果。她头上披着印度披肩,那五彩缤纷的颜色勾勒出她美丽的椭圆形脸蛋。当她走过的时候,黑尔夫人说:"我希望你妹妹能很快好起来。"

"哦,只是一点点轻度中暑,谢谢你。我给她带了一些水果,她想马上起床去听讲座。"

当梅丽莎走过去以后,黑尔夫人说:"我看,恐怕有更多的麻烦就要降临到杰里米身上了。对了,这位快乐寡妇今天晚上上了多少妆啊!"

克莱尔说:"她的肤色必须与那条印度披肩抗衡。"

"还要与你的妆容抗衡,亲爱的,在舞会上。"

"但是她跛着腿就不能跳舞了。"主教说道。

"不过,她可以坐在外面。"黑尔夫人答道,她那双棕色的眼睛因为促狭而炯炯有神。

主教对克莱尔和奈杰尔说:"你们决不会想到,当任何人有麻烦的时候,我的太太真的是世界上最善良的女人之一。"

黑尔夫人听出了丈夫没有明说的内涵与温和的责备,不觉红了脸。

舞会将于晚上 9 点 30 分在船头的大休息室进行。杰里米的演讲将在船尾的甲板上举行,时间定在 9 点到 9 点 30 分。休息室里的椅子被推走靠在墙上,三位希腊乐师正在用布祖基琴歌曲热身。奈杰尔和克莱尔坐在一个靠窗的座位上,那儿可以俯瞰蒙纳罗斯号的前甲板。奈杰尔听了那雄浑的、富有感染力的曲调,决定不去听讲座了。他注意到酒吧里的梅丽莎,注意到乐师们也意识到她在那里。特鲁博迪一家坐在休息室对面的一张桌子上,杰里米这一次没有和他们在一起;彼得看到梅丽莎穿过房间时,脸上的表情令人不安。

不久,梅丽莎离开了休息室,彼得忧郁地盯着前方。大约十分钟以后,当乘客们出去听讲座时,休息室里显得有点空旷。这艘船现在开始起伏颠簸。风越来越大,暴露在外甲板上的杰里米想让别人听到他的演讲得费点儿劲。一些窗户被吹开了,海浪的砰砰声和呼呼声伴随着断断续续的音乐声。

乐师们刚刚演奏完另一首歌。克莱尔说:"奈杰尔,把窗户关上。我的头发被吹得到处都是。"于是,奈杰尔跪在靠窗的座位上正要关窗户,在汹涌的海浪声中,他听到了一声微弱的尖叫声和水的喷溅声。大约十秒钟以后,这些声音又重复了一遍。有人还在船上的游泳池里嬉戏吧?奈杰尔向外望去,但视线被游泳池上的遮阳棚挡住了,他什么都看不见。这澡洗得可够晚的,他下意识地看了看手表,上面显示9点13分。他关好了窗。

大约十分钟后,尼基走进休息室,简短地对乐队说了几句话,环顾四周确保舞会的一切都准备好了,然后他向克莱尔灿烂地一笑,牙齿闪闪发亮。奈杰尔模模糊糊地感觉到,这一切都完成了,尼基没有了通常的活力和热情:尼基好像心事重重?有点不自信?困惑?

没过多久,休息室又挤满了人,酒吧生意兴隆。乐师们用茴香烈酒提神，各就各位，小提琴和吉他开始跟钢琴调音定调。

本廷克－琼斯先生穿着一件棕榈滩衬衫，驾轻就熟地在乐师、更尊贵的乘客和尼基中间来回乱窜，瞎忙一气，正如克莱尔所说，他是大自然的司仪之一。

舞会在9点30分后不久就开始了。在第二只狐步舞曲中，梅丽莎进来了。她一身金黄色和深红色相间的纱丽，光彩照人，动人心弦。她一瘸一拐地走向酒吧，点了白兰地，坐在一个高凳子上，向周围的人微笑着，目光遥远而神秘。

那是在一个间歇，当时本廷克－琼斯正试图组织一个苏格兰高地里尔舞，并给乐师们传达韵律，奈杰尔注意到查尔默斯夫妇走进休息室，焦急地环顾四周，然后退了出去。十分钟后，他们回来了。查尔默斯先生把尼基拉到一边说了什么。

等乐师们奏完一曲，尼基来到扩音装置前，开始对全船广播："我有个口信要转告普里姆罗斯。请她马上到船头的主休息室来，她的父母在那里等她。"

舞会又开始了。奈杰尔去对面给克莱尔拿饮料，发现彼得和梅丽莎在酒吧。彼得用低沉、严肃而紧张的声音说："你穿这件衣服真好看。"

"谢谢你，先生。"

"你头发上喷了什么？"

"是香水油。"梅丽莎说着，重新整理纱丽，动作柔美，纱丽在她头上稍稍向后滑动，露出了黑油油、湿漉漉的闪亮秀发。

"真倒霉，你今晚不能跳舞，"彼得说，"但我想和你跳支舞。"

"下次吧,彼得。"

尼基正在和大副认真交谈,大副是一个精明的年轻人,身穿白色制服,戴着蓝色和金色的肩章。奈杰尔给克莱尔拿来了饮料。尼基拿起麦克风,再次向普里姆罗斯广播了那条消息。舞会还在继续,但现在已经有些心不在焉了,预感似乎给狂欢者蒙上了一层阴影,尽管本廷克-琼斯先生还在努力制造狂欢的气氛。

当第二次广播未能引出普里姆罗斯的时候,奈杰尔被休息室门口附近的那一小群人吸引了过去,他发现本廷克-琼斯就在自己身旁。尼基正在告诉查尔默斯一家,他准备展开全船搜索。查尔默斯夫妇说女儿在讲座还没结束的时候就溜走了,之后他们就再也没见过她。查尔默斯夫人还说:"现在早过了普里姆罗斯就寝的时间。"

尼基和大副在说话。当大副正要离开时,奈杰尔把尼基拉了过来,拉到一个普里姆罗斯父母听不见他们说话的地方:"告诉他们在找的时候,不要漏掉游泳池。"

尼基惊讶地盯着奈杰尔,脸上带着一丝怀疑,可他还是再次用极快的、短促而刺耳的语言对大副复述了一遍。

现在很明显,尼基的焦虑是有传染性的,舞会渐渐停了下来,乘客们不安地站着,或者走上甲板。梅丽莎已经离开了休息室,本廷克-琼斯也离开了。奈杰尔想着自己建议尼基去游泳池的冲动行为,陷入了沉思:几声微弱的尖叫,几声喷溅的水声,也许恰巧只是有人刚刚在那里嬉戏过。

搜索一艘船不仅要搜索七十个船舱、厨房、机舱,还要包括游轮上的小船，因为普里姆罗斯可能在其中的一条小船上睡着了，或者由于蒙纳罗斯号颠簸起伏得那么厉害，她也可能从船上掉下去了。

半个多小时后，尼基走进休息室，向红头发的普伦基特医生招手。奈杰尔跟着他们沿着长廊的甲板向前走，上了前甲板。大副和两个水手在那里，其中一个水手浑身湿漉漉的，还滴着水；但是无处不在的本廷克－琼斯，这次却不在。铁甲板上躺着小普里姆罗斯的尸体，她身上的衣服全都在，包括那个毛皮袋。

"我的上帝，这太可怕了！"尼基大声说，"我们游轮上发生的第一个意外。董事们会怎么说？医生，你确定她已经死了吗？"

普伦基特医生跪在尸体旁边，抬起头说："她确实已经死亡，但这不是意外。"他指着孩子的喉咙，在前撑杆弧光灯的灯光下，那里有处可怕的瘀伤清晰可见，"她应该是被勒死后扔进了游泳池。"

尼基听完，看上去已经半疯了："我该怎么告知这个可怜孩子的母亲？"

"尼基，"奈杰尔机敏地说道，"去找黑尔夫人，你知道的，索尔韦主教的太太。告诉她发生了什么事，让她把噩耗告诉孩子的父母。"

"是的，是的。这真是个最合适的主意。我这就去。"尼基走了。

从上面的休息室传来了音乐声，乐队试图让狂欢重新开始。

"应该说'主与你更亲近'是吗？"普伦基特医生冷淡地说道。

奈杰尔急切地说："医生，你能看看她的毛皮袋吗？那里有没有笔记本？"

"没有，只有一块手帕，一支铅笔，一支钢笔，一个迷你黑脸黑短发布娃娃,"医生一边说着,一边把这些东西放在尸体旁边的甲板上,"没有笔记本,怎么了?警察没到——我们不应该碰任何东西。该死的,我忘了我们在哪里。"

"警察或多或少都在这儿。"

"什么意思?"

奈杰尔急促地讲了一两分钟。两个希腊水手好奇地凝视着他,其中一个捡起了迷你黑脸黑短发布娃娃,抚摸着它那毛茸茸的头,又把布娃娃放下。

"我明白了,"普伦基特医生说道,"所以你就是一直窝藏在我客舱里的人。嗯,你面前的工作很艰巨。"

十分钟后,奈杰尔意识到这有多大的工作量了。大副又带来了两名水手,抬着担架。普里姆罗斯的尸体被抬进了她的客舱。谣言传开了,乘客们成群结队地向前甲板走去。普伦基特医生推开众人往休息室走去,后面跟着担架。

奈杰尔去休息室找克莱尔。当他进去的时候,看到尼基就像一个噩梦中反复出现的人物,走到扩音装置前。他满头大汗,黝黑的肤色已经苍白成一片浑浊的黄色,他几乎无法控制声音,接过麦克风,说道:"我有个口信给兰瑟·安布罗斯小姐,请她立刻回到自己的客舱,她的姐姐正在那里等她。从今晚讲座开始就见过安布罗斯小姐的乘客,请来船头休息室或者长廊甲板,告知我。我是游轮经理尼基。"

第四章

调 查

1

蒙纳罗斯号严重向右倾斜,转了航道。游轮的探照灯像长柄大镰刀一样在大海上划出一道弧线:水手们都在船桥和船头上搜寻,但是,船员们知道搜寻肯定是徒劳的。兰瑟可能在9点10分之后的任何时间落水,当时有人看到她离开了讲座,而兰瑟说过,自己不会游泳。

现在快凌晨2点了。船长向二副做了个手势,然后走进驾驶室,那里电报叮当作响。蒙纳罗斯号在交叉搜索时朝卡林诺斯岛方向走了一段回头路,现在全速前进,向西驶向雅典。船长一直在通过无线电话与船主联系,他们指示他自行决定搜查时间的长短,然后中断航程,直接返回雅典。在那里,此事将由希腊警方和英国大使馆处理。

奈杰尔向船长出示了证件,然后被获准进行初步的半官方调查,目前他正在船长的船舱里。尼基、普伦基特医生还有大副也在。船长,灰白头发,长了个钩状鼻子,举止态度粗鲁,他懂一点英语,但有时还得请尼基翻译。他示意奈杰尔可以讲话了。

奈杰尔点点头，说："先生们，我先告诉你们事实，查尔默斯夫妇和女儿一起参加了讲座。查尔默斯先生看到安布罗斯小姐坐在他们前面那一排的顶头，她蜷缩着坐着，双手捂脸，偶尔还暗自咕哝或是抱怨，情绪非常低落。查尔默斯先生认为这些咕哝和抱怨是对讲座抗议的一种方式，她对斯特里特先生的能力视而不见——"

"'视而不见'？"船长问道。

"对不起，兰瑟认为杰里米是个骗子，不擅长自己的工作。"

"但斯特里特先生是很有名的讲师啊。"尼基开始抗议。船长一挥手，打断了尼基。

奈杰尔继续说："讲座在晚上9点准时开始，大约在开始十分钟后，查尔默斯先生听到安布罗斯小姐在大声叹息，然后看到她站起来走了，其他几名乘客也证实了这一点。普里姆罗斯坐在她那一排的末尾，可能是在安布罗斯小姐出去以后随即跟着溜了出去。直到一两分钟后，她的父母才注意到她走了。我还没有找到她离开的任何目击证人，因为当时在放救生艇的甲板上，天色很暗，观众们都非常专心，斯特里特先生看起来状态也特别好。好了，安布罗斯小姐今天晚上大约9点10分离开了讲座，普里姆罗斯离开的时间介于9点10分到9点12分之间。"

"你认为她们之间有密谋？"红头发的普伦基特医生问道。

"'密谋'？"船长反问道，尼基忙为他翻译。

"不是密谋，"奈杰尔说，"安布罗斯小姐的离开和普里姆罗斯的离开之间有联系。9点13分，我坐在游泳池上方主休息室的一扇开着的窗户旁，听到了微弱的喊声和水的飞溅声。大约十秒钟后，这些声音又重复了一次。我向外看了看，因为游泳池上方的遮阳篷挡住了我的视线，所以我什么也没看见。"

船长迅速地对大副说着什么。奈杰尔猜他是在问既然刮那么大的风，为什么没把遮阳篷拆下来，奈杰尔继续说："我以为有乘客在下面玩耍。但是，当听说普里姆罗斯不见了，我就建议尼基去游泳池搜索。而被发现时她的尸体是漂浮着的，应该是刚浮出水面。我们还没有证据证明她在离开演讲现场后随即被杀，但明天一定要调查一下，从那时起到她的尸体被发现，其间有没有人看见过她。还要调查一下，9点13分时，游泳池是否还有其他乘客。"

船长警觉地注视着奈杰尔，点头表示赞同。

奈杰尔继续说道："现在让我们假设一下，我听到的声音是普里姆罗斯和谋杀她的凶手发出的。我们如何解释？两声喊叫，两次水溅声，相隔十秒钟？"

"在雅典进行尸检之前，"普伦基特医生说道，"我们都无法确定她是在游泳池里被勒死的，还是在游泳池外被勒死后扔进游泳池的。但事实上，尸体是在水面下，这给了我们一个强烈的暗示，是前一种情况。如果是在摔倒时或被扔进游泳池时尖叫，她的嘴巴会张开，会把足够的水吸入肺部，身体也会下沉一点，湿衣服的分量也会让她往下坠。但如果她是在游泳池外被勒死的，然后凶手把死尸扔进游泳池，预计尸体会在水面上漂浮一两天。"

他说话很快，船长要求尼基翻译。当尼基翻译的时候，奈杰尔在脑海中看到了普里姆罗斯那丑陋的身体,被包裹在那些巨大的冰块中,他在比雷埃夫斯港口曾目睹这些冰块被运上船,和其他肉类一起存放在货舱的某个地方。

"你刚才说到的声音?"船长说道。

"是的,两次水的飞溅声。凶手是不是把普里姆罗斯勒死在游泳池边上,然后扔了进去,看到她还没死,就自己也跳了进去把她掐死?是不是在第一次攻击后,普里姆罗斯设法爬出游泳池,所以凶手不得不把她再次扔进去?这些都不是唯一的可能性。"

"我认为这不重要。"船长说道。

"在确定凶手是否是兰瑟本人时,这可能很重要。"

尼基的棕色眼睛鼓了起来:"哦,但她肯定是自杀,她自己跳进了水里?"

"她可能是在杀了普里姆罗斯后干的。"

"还是因为她杀了普里姆罗斯?"医生提示道。

奈杰尔说:"关键是,安布罗斯小姐不会游泳,或者说她自称不会游泳。游泳池里的水保持在大约五英尺半的水平。安布罗斯小姐的身高比五英尺半矮得多,所以她很难在游泳池里把那个孩子勒死。但是,如果她是在甲板上把人勒死了,那第二次飞溅声又是怎么回事?"

"你听到过两声喊叫,"船长用缓慢的英语说,"是一个男人的声音,还是一个女人的声音?"

"我不能确定。我会说是女人的声音或者是男孩的声音,可当时的风太大了。令人难以置信的是,这个孩子的死亡和安布罗斯小姐的失踪接连发生在一个小时之内，应该是没有联系的。有大量证据可以证明——安布罗斯小姐有过自杀的念头，但她没有留下任何遗书，还去听了讲座。如果一个人即将自杀，根本不会去听讲座。"

"自杀的人会做一些奇怪的事情，但我比较倾向于同意你的意见。"普伦基特医生说道。

"你有推测吗？"尼基问道。

"船上有几个人都有杀害安布罗斯小姐的强烈动机。而且，由于她显而易见的精神失常，可以推测，凶手把她扔到船外后，她的失踪会被视为自杀。有可能普里姆罗斯看到凶手把安布罗斯小姐扔下了船，所以凶手不得不让她保持沉默。"

船长问："但你认为会这样吗？"然后，他开始用希腊语说起话来。

尼基翻译过来了："船长说，你有没有试过把一个成年女人扔过船的栏杆？再说，甲板上还有很多人。"

"告诉船长，我没有尝试过，但是乘客很少使用前甲板，除非他们在游泳池里游泳。"等尼基翻译完，奈杰尔接着说："还有另一种可能，凶手的目的是杀死普里姆罗斯，但被兰瑟看到了杀人过程，所以他不得不让兰瑟永远保持沉默。"

"但是凶手为什么不掐死兰瑟，把她也推进游泳池呢？"普伦基特医生问道。

"怎么会有人想伤害普里姆罗斯这样无害的孩子呢？"尼基问道。

"我不知道什么叫'无害的'。她在乘客中四处窥探和窃听，还把一切写在笔记本里。那个笔记本可能就是'炸药'。"奈杰尔停顿了一下，尼基翻译了一下,"笔记本不见了。她总是把它放在毛皮袋里,而毛皮袋会挂在她的裙子上。普伦基特医生检查尸体的时候,发现笔记本不在毛皮袋里。查尔默斯夫妇在客舱里也没找到笔记本。"

"但是凶手用不着为了拿到笔记本就把那个孩子杀了吧?"普伦基特医生表示反对,"他完全可以把笔记本抢走。"

"那要看情况了。笔记本被抢走了,她脑子里还记得这些信息呢。"

"那么说,她对凶手来说会是危险的。"

"倒也不一定。"

"那我可就不明白了。"普伦基特医生说。

"她只有意识到自己所知道信息的重要性,才会对凶手造成危险。船长,我想和发现尸体的水手谈谈。"

船长发出一连串命令。大副离开了船长舱,很快带着两名水手回来了。奈杰尔询问了他们,尼基给做翻译。他们说,搜查完前甲板,其中一人走进了游泳池,发现了尸体。他们把尸体拖出来,一个水手去向大副报告。一名乘客从长廊的门口走了进来,跟另一个水手搭讪。奈杰尔进一步询问,这位水手承认,有好一会儿,这位乘客吸引了自己对尸体的注意力,奈杰尔相信,这段时间足够让某人把笔记本拿走。按照水手的描述,这个乘客是一个矮个子,长着一张胖脸,身穿一件美国衬衫,与本廷克-琼斯的外表高度吻合。

水手回答奈杰尔的最后一个问题时说,这位乘客看到尸体的时候,似乎并没有特别不安。

"我想让这个水手立即确认这位乘客的身份。"奈杰尔对船长说道,船长做了一个表示同意的手势。尼基插了一串希腊语,他是在担心,在凌晨把乘客从床上拖起来,并指控他抢劫尸体,船主不会认同这种做法,但船长打断了他。

奈杰尔问普伦基特医生:"布莱登夫人吃了药怎么样?"

"很难。我给她服用了镇静剂。她现在的状况不太好,还不适合被问讯。"

"那可以等等。但我希望你能为我做一件事,看看她的脚踝。她扭伤了脚踝,扭骨折了或是怎么的,看看是否需要治疗。"

普伦基特医生盯着奈杰尔看了一会儿,说:"好吧,听你的。"

2

"这是一种暴行!"本廷克-琼斯喊道,"谁授权的?"

"是船长授权的。我很高兴你认同谋杀孩子是一种暴行。"奈杰尔平静地说。

"什么?你说什么?她被谋杀了?"

"被勒死了。当检查她身体的时候,你没有注意到她喉咙上的瘀伤吗?"

"检查?我从来没有检查过她的身体。"

"你当时在忙着抢劫,是吗?"

一时间,本廷克-琼斯的脸变得麻木,然后又恢复了强烈抗议的表情,他说:"你这样评论会让你有大麻烦。"

奈杰尔回答说:"那跟没人听是一样的。"他这么说就是想要刺激对方。

本廷克-琼斯被带到了大副的船舱里,船长已指派奈杰尔审问。本廷克-琼斯穿上了裤子,睡衣上披着一件运动衫,稀疏的头发成了一缕一缕的,他忘了戴假牙,他不再是这群人里的灵魂人物了。他冷淡地说:"如果这是你的看法,我要求这次审问有证人在场。"

"你确定这是明智的吗?你不介意第三者听到你的私人活动吗?"

"不管怎样,没有异议。"

奈杰尔那双淡蓝色的眼睛,此时是最不友好的时候,他仔细地打量了本廷克-琼斯好几秒,问道:"你知道你可能要为这孩子的死负责吗?"

"这是最恶性的诽谤,也是一个可以起诉的陈述。我警告你——"

奈杰尔打断他说:"你给她编造了一个特勤局正在船上寻找埃奥卡特工的故事,但这骗不了普里姆罗斯。你鼓励她去窥探和窃听,把这一切都写在她的笔记本上。结果,她发现了什么,使她对一名乘客构成了威胁。因此,有人就非要置她于死地不可。"

"嗯,真的!我发明了一个小游戏,来逗这个孩子——"

"对你来说是一个有用的游戏。"

"我不明白你的意思。"

"如果运气好的话,她的笔记本会提供一些有利可图的勒索机会。"

一片寂静。本廷克-琼斯的嘴做了一个啃咬的动作,眼神里满是警觉。奈杰尔想,和大多数勒索者一样,这个人也有钢铁般的厚脸皮,他想看看对方的脸皮有多厚,便说:"你还想要一个证人吗?"

"我坚持要一个证人。"

"很好。"奈杰尔打开门,门外站着一名全副武装的水手,他让水手去请尼基过来。当看到他们进来时,本廷克-琼斯的脸上掠过了一丝神情,是算计吗?还是满意?

奈杰尔告诉尼基:"我们在讨论敲诈勒索。"然后,奈杰尔转向本廷克-琼斯:"我们已将你的描述电告伦敦警察厅记录科。如果你在那里是熟客的话,我们今天上午会得到一个回复。"

本廷克-琼斯坐在那里,往后靠了靠,双手轻轻地握在他肥胖的小肚子上:"你在证人面前指控我勒索?你有什么证据?"

"比如,我们骑骡子上帕特莫斯山的时候,你曾经勒索过我。"

"你是在做梦吧?"本廷克-琼斯没能完全掩饰住如释重负的表情,抗议道。这让奈杰尔确信,船上应该另有他人确实被本廷克-琼斯勒索了。

"你的方法,"奈杰尔继续说,"以劣质的方式而论相当聪明。先是狡猾的暗示,微妙的暗示,以试探潜在受害者的士气。一开始,你很小心,什么都不说,但不可能理解为无辜清白,这就是你保护自己的方式。然后你用双重的虚张声势,专业的勒索者伪装成单纯好管闲事的人,真正的害虫伪装成无害的、有点讨厌的人。你伪装得很好。"

奈杰尔想知道,这样会穿透他的厚脸皮吗?似乎不能。因为本廷克-琼斯的表情是自鸣得意的,几乎可以说是轻蔑的,好像这些指控太荒谬了，不值得一驳。

"在帕特莫斯，你和我谈到了'婚外野鸳鸯'，当时的语境是马辛格小姐可能被委托制作皇室肖像半身像。你当时只是在试探，想看看我的反应。如果我表现出不安的蛛丝马迹——"

"看看尼基，他和我一样被这个非同寻常、冗长曲折的故事绕糊涂了。"

奈杰尔一直在用淡蓝色的眼睛盯着本廷克-琼斯："那好吧，我们回到普里姆罗斯的身上去。为她的笔记本搜查你的客舱，你有异议吗？"

"一点儿都没有。"本廷克-琼斯回答得非常快。

奈杰尔意识到本廷克-琼斯一定是把抢来的笔记本处理掉了，毕竟，他有四个小时的时间来掌握里面的内容，本廷克-琼斯虚张声势的可能性微乎其微，这个结果让奈杰尔很懊恼。更糟糕的是，与本廷克-琼斯同住一个客舱的那个人，对连他的东西也一并搜查也没有异议。他说本廷克-琼斯在晚上11点15分左右进了客舱，告诉他那个失踪的孩子被发现淹死了。他们讨论了一会儿，然后关了灯。他自己也睡不着，可以清楚地说明奈杰尔刚才叫他之前，本廷克-琼斯既没有开灯，也没有离开过客舱。

奈杰尔接着思考，笔记本不在本廷克-琼斯身上，也不在他的客舱里。尸体是在晚上11点前被发现的，本廷克-琼斯一两分钟后出现在游泳池旁。这给他留下了15分钟时间来记住笔记本上的内容，把笔记本扔进大海，再返回他的客舱，时间肯定不够吧？

接下来,奈杰尔带着普里姆罗斯毛皮袋里的东西回到大副的驾驶室,把东西放在面前的桌子上,奈杰尔恼怒地意识到,这是一条死胡同。他曾看到过那个孩子记笔记,她总是用那支自来水钢笔。尸体在水里泡了两个小时,钢笔的墨水会泡开来,字迹完全无法辨认。

他抬起头来目光炯炯地看着本廷克-琼斯。只见本廷克-琼斯的眼睛盯着桌子上放着的一块手帕、一支铅笔、一个迷你的黑脸黑短发布娃娃和一支钢笔,脸上露出淡淡的得意的笑。

奈杰尔说:"明天,我会告诉乘客们,说这艘游轮上有个敲诈勒索者。我会请被勒索者接近的人私下来找我,不论这个敲诈勒索者的活动是否与谋杀普里姆罗斯有关。"

"你别白费口舌啦,"本廷克-琼斯说道,他那粗声粗气的声音现在变得刺耳起来,"问问这个人,他昨晚9点在安布罗斯小姐的客舱里干了什么吧。"

奈杰尔转过头来,看向尼基。只见他盯着本廷克-琼斯,脸上露出了惊愕的戏剧性表情:"你指控我?这是你另一次谎报勒索!我——"

"放松点,尼基。"

"他就是个骗子!"

"不,你无法蒙混过去。"本廷克-琼斯笑了,"在我回客舱的路上,碰巧沿着走廊走,跟在你后面。你进了安布罗斯小姐的船舱——尼基,你本来应该先敲门,然后再进女士的客舱。当我经过时,我听到了扭打的声音——"

"住口！我可以解释，我可以——"

"大约一分钟后，你经过我的客舱，碰巧门是半开着的。我看到你呼吸困难，头发乱蓬蓬的，领带在脖子上只系了一半，还有——"本廷克-琼斯以惊人的快速伸出了手，拉起尼基的一只袖子，"是的，你的手腕上有划痕。"

尼基突然重击本廷克-琼斯，对方被打得摇摇晃晃。全副武装的水手往里看了看，然后又把门关上了。

"你说这是9点15分发生的？"奈杰尔一边说着，一边摆弄着面前桌子上的迷你黑脸黑短发布娃娃，"你怎么能把时间记得这么清楚？"

"我离开酒吧一分钟，钟显示还不到9点15分，我要下来拿块手帕，就直接下来了。"

"9点10分，兰瑟离开了讲座。"奈杰尔自言自语地说道。

尼基怒视着本廷克-琼斯说道："我要和奈杰尔单独谈谈。我不会在你这只肮脏的、咧嘴笑的癞蛤蟆面前说话。"

"闭嘴，尼基。今晚就到这里吧，本廷克-琼斯，谢谢你的帮助。"

"留心脚下，斯特雷奇威先生，小心点，晚安。"

3

"嗯，尼基？"

"你不会相信那些谎言吧，斯特雷奇威先生？本廷克-琼斯是个敲诈勒索犯，你自己也是这么说的吧？"

"但他那些话不是谎言,尼基,对吧?"

听了这话,尼基那双西梅干似的黑眼睛转开了,然后,他挺直结实的肩膀,看了奈杰尔一眼,那神情里有懊悔,可爱的样子像一个小学生:"不,不是谎言。但是我没有杀任何人,我不可能杀安布罗斯小姐。"

"为什么不可能呢?"

"因为在客舱里的是梅尔——她的姐姐。"

"你和她有约会?安排好在那里见她?"

"对。当她的妹妹在听讲座的时候。"尼基睁大了眼睛,向奈杰尔露出自己华丽、闪亮的牙齿,"哦,天哪!真是个女人!这是隐私,是机密,是的。"

"我们拭目以待。"

"女人们都是疯子。你知道吗?她让我到她的客舱来,可是我去了,她却不想要,她像猫一样跟我打架。女人情绪化的时候太疯狂了,但她还是冲了个淋浴,而且还赤身裸体。"

"等一下,尼基。让我们从头开始。是什么时候定下的幽会?"

"上午。在我们上岸之前。"

"在演讲期间在她的小屋里见面?"

"是的,对。"

奈杰尔想起了克莱尔告诉他的一件事:"你确定幽会定在她的客舱,而不是岛上的海滨浴场?"

"我不知道,哦,我明白你的意思了。我确实告诉过布莱登夫人一个游泳的好地方,在那里她可以很私密。"

"你是出于好意告诉她的?"

"当然是。"

"你没打算在那里见她?"

"是的,因为她妹妹会和她在一起。"

"但是,下午3点左右,安布罗斯小姐独自回到了船上。"

"是吗?嘿,我想我错过了一个机会。"尼基无耻地说道。

"你错过机会了吗?我和马辛格小姐看见你往海湾方向走去。"

尼基垂下了百叶窗似的眼帘:"你们一定是弄错了。"

奈杰尔暂时不再追究了,但他注意到,当回到昨晚发生的事情这个话题以后,尼基松了一口气。尼基进了梅丽莎的客舱,天很黑。梅丽莎在那里宽衣解带,一丝不挂,她一定刚刚冲过澡,因为身体湿漉漉的,头发也湿透了。当二人扭打时,尼基一开始以为梅丽莎只是在玩捉迷藏,但是她反应的激烈程度很快让他消除了这种想法。他说:"女士不愿意,我不占便宜,我是这种人。"

"但是她没有解释她为什么不愿意吗?"

"没有,她什么也没说。"

"什么也没说?真奇怪。你的意思是她甚至没有哭出来,或者——"

"她默默地打斗着,她比我想象得更强壮,非常强壮。我觉得她有点惊慌失措和绝望,所以我不再把自己的兴趣强加到她身上。"

"我相信你很有绅士风度。后来,在舞会上,她没提起发生的事情吗?"

"跳舞时我没有和她说话，我还在生她的气。"

奈杰尔若有所思地盯着尼基，尼基感到不舒服，于是点燃了一支香烟，把头转过去。奈杰尔的心思并不在尼基身上，他在想，就在舞会之前，像梅丽莎这样的女人把头发弄湿，这有点奇怪。她要是淋浴的话，肯定会戴浴帽吧？为什么她什么也不说，对尼基一句抗议或解释的话也没有呢？

尼基问道："这一切和那个可怜的孩子被淹死又有什么关系呢？"

"你溺死了人，自己才会湿漉漉的。"奈杰尔说道，与其说是对同伴说，还不如说是自言自语，而尼基还告诉他，梅丽莎的反抗里还有"惊慌失措和绝望"。

尼基自己看起来有点惊慌失措，因为如果和梅丽莎的插曲曝光的话，他很可能会丢了工作。

奈杰尔问："这些登陆卡是怎么使用的？每天晚上，乘客们重新上船后都要检查吗？"

"我的秘书会数数，看看我们每天早晨发的数跟晚上回来的数是否一样。因此，如果有乘客落下了，我们应该可以知道。"

"昨晚你们数的数对吗？"

"对的，先生。你在想什么？"尼基看起来很困惑。

"让我们使用纯粹的理性，尼基。兰瑟要么是被谋杀了，要么是自杀了。先说自杀。她很可能在人看不见或者听不见的情况下跳了船。但是，她是不是先把普里姆罗斯勒死或者淹死了呢？她为什么要这么做呢？想自杀的人不会在路上停下来杀别人。不管怎样，证据指向那个孩子是在游泳池中被勒死的。大家都说,兰瑟不会游泳,因此不可能是她干的。那么,是谁干的?在很短的时间内,一个女人自杀,一个孩子被谋杀,在同一艘船上,毫不相干吗?好,就算这是一个奇妙的巧合。以谋杀案为例,兰瑟被杀了,可能是因为她让杀死普里姆罗斯的人感到吃惊和担心。这看起来似乎很合理,可是兰瑟的尸体不在船上。所以如果她是被谋杀的,她一定是被扔到海里去了。凶手冒险把兰瑟扔到海里的话,在甲板上到处闲逛和坐着的人一定会为之惊骇的。另外,兰瑟当时应该在做什么呢?如果她看到有人杀普里姆罗斯,她会大声喊救命,不是吗?同样,如果她被人抓住并扔下船,她也会尖叫和挣扎。就像船长刚才说的那样,设想把一个正在挣扎的成年女人从栏杆上方扔出去,这是一个糟糕的主意。"

"凶手可能先让她大吃一惊了。"

"可能吧。但是,如果她先看到凶手杀死了普里姆罗斯,你认为她会让凶手走近她吗?如果她不是因为看见凶手犯罪而被谋杀,那就只能是有两个凶手在同时各行其是。要不然,就是一个凶手出于不同的动机,想把兰瑟和普里姆罗斯都干掉,并且在同一天夜里发现了一个一举两得的机会。"

"啊,就是这样!"尼基热情洋溢地喊道,"你有进展啦!观察英国警察的工作方法是一种特权。纯粹的理性!神圣的理性!"

"不,这根本不行。有几个人有谋杀兰瑟的动机。但是普里姆罗斯呢?一个带笔记本的孩子?她并不是一个真正的威胁。她发现了什么,才让人动了杀机呢?除非——"奈杰尔停顿了一下。

"除非什么？"

"除非她看到了杀害兰瑟的凶手。毕竟，她确实是在兰瑟离开演讲会后不久，跟着溜了出去。"奈杰尔打了个哈欠，伸了个懒腰，"好吧，我要睡觉了，很快我会安排明天早上的事情。"

4

一吃完早餐，讲英语的乘客就立即在主餐厅集合起来，梅丽莎和查尔默斯一家人除外。在一张桌子一头，坐着蒙纳罗斯号的船长，侧翼坐着奈杰尔和尼基。乘客们都对别人嘀咕着，坐立不安，抽着烟，等待着，他们不知道接下来会发生什么。

黑尔夫人低声问克莱尔："这让你想起了什么？"

克莱尔回答："一个扩大讲座，在米德兰市的一个小咖啡馆里。"

黑尔夫人说："我觉得像一家即将破产的公司的年度股东大会。我希望奈杰尔能够控制得了愤怒的股东。"

奈杰尔问刚刚坐在旁边的普伦基特医生："布莱登夫人今天早上好吗？"

"还是有点昏昏欲睡，但她还是为我化了妆。虚荣的女人，但是很有吸引力，脉搏正常，并且——"

"她的脚踝正常吗？"

"你怎么一直问她的脚踝？肿了，只是轻微扭伤，没什么可担心的。"

"我什么时候能见到她？"

"也许是中午吧。她昨晚重度休克。千万别仓促行动。"

一名服务员站在门口，把乘客名单夹在腋下，向尼基做了个手势。尼基站起身来，浑身散发着伤感的自信气质："女士们，先生们，船长委托斯特雷奇威先生对发生在船上的不幸事件进行初步调查，请你们出席，并希望你们都与他合作。"

黑尔夫人在克莱尔耳边喃喃地说："他有点倒背如流的感觉。"

"斯特雷奇威先生和伦敦警察厅有联系。"尼基突然眉开眼笑着说，就像魔术师拿出一只兔子，在乘客中引起了一阵骚动，引起了人们的兴趣，许多人都伸长了脖子去看迄今为止一直隐匿身份的名人。

"你说得对，"黑尔夫人低声说，"一场演讲，尼基忘了说我们杰出的演讲者不需要介绍。"

奈杰尔站了起来，有一绺蓬乱的头发耷拉在一只眼睛上，他弯腰驼背，一脸的皱纹，一副坚毅、专注的神态，所有的一切都暗示着，这是一位不太正统的学术型讲师。他突然开口说道："我没有官职，船长要我尽所能地做这件事。当我们到达雅典时，这件事将交由希腊警察处理。我不会强迫你们任何人回答我的问题，或者以任何方式与我合作。然而，在我们到达雅典之前，我们能做的越多，就能越早地恢复航行。尼基正为游轮的继续航行做安排，虽然行程必然要缩短了。"奈杰尔用淡蓝色的眼睛扫视着听众，没有特定的对象，"没有理由让无辜者和罪人在一起受苦。因此，合作会给你们带来回报，除了你们中的某个罪人，所有人都会得到回报。"

奈杰尔停下来点了根烟,脸上皱巴巴的,眼睛眯了起来。他最后这句话和前面说的那些话一样干巴巴的,表达方式也同样是干巴巴的,全体听众的身体都绷紧了。

"给人留下了相当深刻的印象。"黑尔夫人评论道。

"他有点爱炫耀,忍不住带点戏剧性。"克莱尔深情款款地说。

"大家都知道,昨晚,普里姆罗斯·查尔默斯被谋杀了,安布罗斯小姐失踪了。最简单的推测是安布罗斯小姐勒死了前者,然后自己跳了海。由于我不能详细说明的一些原因,我觉得这个推测几乎站不住脚。事实上,几乎可以肯定的是,凶手还在船上,可能就坐在一张桌子旁。"奈杰尔顿了顿,等待不安的骚动平息下来,"据我们所知,安布罗斯小姐最后一次被人看到是在晚上 9 点 10 分左右,她离开了讲座会场,也就是船尾的甲板。两分钟以后,普里姆罗斯的父母也找不到他们的女儿了。我们需要的第一个信息是:9 点 10 分以后,有人在这里看到她们中的任何一个了吗?你们中的一些人可能不认识她们,所以我们现在就把她们带照片的护照传看一下。已经向全体船员和其他国籍的乘客问过这个问题,没有结果。传阅护照的时候,请你们回忆一下:从晚上 9 点 10 分到在扩音器上广播普里姆罗斯失踪这段时间,你们中间有没有人在游泳池所在的前甲板上或者那附近听到过任何可疑的声音。"

奈杰尔的问题带来了一个证据。几个乘客从护照照片上认出兰瑟是那个大约在相关时间、从船尾沿着长廊甲板走过的女人。他们没有特别注意到她的举止。最后看照片的乘客站了起来,这个沉静害羞、戴着鼻夹的女人说，她看到在兰瑟到达通往前厅的门口之前，普里姆罗斯在长廊上追上了她。

"然后发生了什么？"

"孩子抓住安布罗斯小姐的袖子，好像要把她留住。孩子还说了什么，但我听不到。"

"这可能很重要。安布罗斯小姐看起来很惊讶吗？很不耐烦吗？"

"嗯，我认为她有点僵硬，不过我真的没太注意。"

"她们谈了很久吗？"

"哦，没有。事实上，我不知道安布罗斯小姐是否说过话。我现在想起来了，她试着把小女孩的胳膊挣脱开，好像想从甲板上下来回客舱。但小女孩不肯放手，还在说别的。然后她们一起走向船头。一切都发生在半分钟之内，或者不到半分钟。"

"她们走路的样子给你留下什么印象没？哪个人鬼鬼祟祟的？"

"你这么说可真有意思，斯特雷奇威先生。我现在想起来，当时觉得小女孩走在前面挺奇怪的，我想也许这是她建议玩的什么游戏。安布罗斯小姐有点喜欢，也许就像人们逗一个孩子开心，尽管她一开始没有兴趣，但是我不会说她们的样子鬼鬼祟祟的。"

当这个女人说话时，克莱尔的大脑里形成了一个不愉快的怪诞形象——普里姆罗斯把兰瑟诱走并把她推进游泳池。她想知道奈杰尔是否也有同样的幻想，真奇怪，奈杰尔确实有。

奈杰尔记下了这位目击证人的名字和客舱号码，然后他又对全体听众说："其他人还有贡献吗？对。现在要做的事对你们来说挺烦人，但我还是希望你们离开以后，把自己昨天晚上从 9 点到 10 点 30 分的活动写下来，在哪里，和谁在一起，请尽可能详细而准确地列出你的活动时间表。雅典的警察一定会就这一点上质询我们所有人的，所以我们不如早点把答案准备好。这也会有帮助的。"奈杰尔的语气或表情没有改变，他继续说道，"我也希望能知道每个人中午从哪里来，比方说，当船在卡林诺斯岛的时候。"

"我恐怕没听明白，"杰里米的声音还挺大，"安布罗斯小姐被谋杀的地点不是在——"

"这可能没有任何意义。另一方面，如果我们使劲儿回忆昨天，可能就会从一些事情中找到什么，成为破解谋杀的线索。当然，不用说，你们中的任何一个人在游轮上如果看到或者听到你觉得与这些犯罪有关系的事情，也可以过来告诉我。只要第一手证据，不要道听途说，从 10 点开始，我会在船桥甲板的大副室里恭候。"

黑尔夫人低声对克莱尔说："允许我向奈杰尔问个问题吗？"

克莱尔咧嘴一笑："试试看哦。"

黑尔夫人站起来，问："如果我们知道谁有犯罪动机，我们是告诉你呢，还是会被认为是在传闲话？"

观众陷入了深深的沉默。

"可以私下告诉我。"奈杰尔顿了顿，若有所思地看着乘客们，"船上有几个人有杀害安布罗斯小姐的强烈动机，但这并不等于他们就是凶手。我也必须提醒大家，船上有一个专业搞敲诈勒索的人。不论谁被这个人盯上了，都最好告诉我。"

说完,奈杰尔向船长微微鞠躬,船长向他挥手微微致意,然后奈杰尔大步走出交谊厅,他一离开,交谊厅里就开始了嗡嗡的谈话声。

5

克莱尔追上奈杰尔,把他带到救生艇甲板上一个安静的地方,说:"那个女人的证据很奇怪,不是吗?"

"是的。"

"联想到兰瑟昨天早上对普里姆罗斯大发脾气的样子,当时我们在舷梯排队——"

"什么?"

"人们想知道孩子昨晚对她说了什么,让兰瑟跟她走了——不论她们去了什么地方。"

"人们确实想知道。"奈杰尔显得特别心不在焉。

但是克莱尔知道,即使在最呆滞的眼神背后,奈杰尔的大脑仍在接收她说的话。所以她接着说:"刚才我脑海里浮现出一幅奇妙的画面,我看见普里姆罗斯把兰瑟推进游泳池。"

"是的,"奈杰尔盯着波涛汹涌的、喧嚣的海浪,看它经过船舷白色的那面,说,"我也看见了。"

"很荒谬,不是吗?"

奈杰尔慢慢转过身来面对她,背靠栏杆:"假设是你的话,你为什么要把人推进游泳池?"

"也许是她让我很生气，"克莱尔回答，"普里姆罗斯昨天上午看兰瑟的表情就很要命。"

"还是其他什么原因？"

"好吧，让我想想。她想看看对方会不会游泳？"

奈杰尔暗淡的眼神现在闪闪发光了："好了，亲爱的，你说到点子上了。"

"但我们知道她不会游泳。"

"我们只知道她以前没有游过泳。索尔韦主教告诉我，当兰瑟还是个女孩时，她经历了一个运动阶段，试图变成一个假小子，赢得父亲的爱。这样想来，她当时不学游泳的话，那就太奇怪了。"

"你可以很容易地找到答案，问问费思就可以呀。但我不知道是什么——"

"这就可以解释我听到的两次水花飞溅的声音。普里姆罗斯把兰瑟推了进去。兰瑟游了两下游到游泳池边，抓住普里姆罗斯的脚踝，把她拖进了水里，于是第二次发出了水花飞溅的声音，这时，兰瑟把普里姆罗斯的头摁在水里，勒死了。"

"我本以为普里姆罗斯把她推进去后会逃跑。"

"如果想知道兰瑟是否会游泳，她就不会。"

"但是你不会因为自己突然间气疯了，就掐死一个孩子吧？"

"这不是最重要的问题。"

"那什么才是最重要的问题？"

"普里姆罗斯为什么想知道她是否会游泳呢？"

"我明白了。但这当然是基于我们不足信的理解——"

"你知道,这个案子有点不对劲儿,不知为什么,也太简单了,一个神经质的女人被一个孩子推到游泳池里,她把孩子也拽进来,淹死了孩子,然后在一阵惊恐中跳了海。"

"我看不出这有什么不对。"

"兰瑟以自杀相威胁已经有一段时间了,她去听讲座,看起来像个行尸走肉。这本来是她展示她憎恶的人——杰里米缺点的另一个机会。可是,她非但没有利用这个机会,反而重重地叹了口气,十分钟以后就溜了出去。这意味着什么?她再也不能忍受生活了,她要做一个了断。但是,如果她当时决心自杀,为什么会被普里姆罗斯带了节奏?这没有道理啊!"

"是的,如果兰瑟被谋杀了,我们至少知道不是这个人干的吧?"

"谁?"

"让兰瑟憎恶的那个人。他一直讲到9点30分左右,是吗?"

"当然……"

此时,彼得和费思背靠舷墙,坐在桥下的日光甲板上。奈杰尔走近时,觉得他们像两只小动物为了取暖和舒适挤在一起。彼得看到奈杰尔快速礼貌地站起来,但给了他一个既挑衅又警惕的眼神,然后咕哝着问:"手铐准备好了吗?"

"你为什么这么说?"

"有人听到我威胁安布罗斯小姐,现在她消失了。证明完毕。"

"别傻了,彼得!"费思紧张地说。

"在书中,"彼得坚持说,"业余侦探总是过早地得出结论。"

"我们不在书里。是你杀了安布罗斯小姐吗?"

"嗯,真的!"彼得再次变身谴责违反公立学校校规的学长,用那令人厌恶的、高高在上的腔调回答。

"如果你没杀,就别来烦我。费思,兰瑟在学校里用过游泳池吗?"

费思张开嘴唇,露出了尖利的门牙:"这真是奇怪!不,据我所知,她没用过。怎么了?"

"好好想想。你从来没有理由想象她会游泳吧?"

"哦,是没有。事实上,她从来没有参加过我们的任何一场比赛。我想是因为看不起吧。她过去常常滔滔不绝地谈论那个体制,说那个体制试图把我们变成替代品。我不知道她为什么对这件事如此怨恨。我想是酸葡萄心理吧。"

就是这样,奈杰尔想,当兰瑟还是个孩子的时候,试图通过体育运动的特长,成为一名"替补队员"。令人沮丧的是,却还是没能赢得父亲的心,于是她对比赛做出了强烈的反应,但她还是完全可能在那些遥远的日子里学会了游泳。所以,又回到了原来的话题。只是,为什么她要宣称自己不会游泳呢?为什么不说"我不喜欢游泳"呢?这是另一个纠缠不清的、可能也不相关的小问题。

费思低声对彼得说:"那你为什么不告诉他?"她的话打断了奈杰尔的思考。

"有什么意义?这显然是我的错。说到底,她还是去参加了讲座,我看见她上了救生艇甲板。"

"但是对布莱登夫人来说,这是一件非常奇怪的事情。"

"别这么小题大做,费思。只是当时看起来很奇怪。回想起来,我当时距离很远,不知道她中暑了,这就能把一切都解释通了。"

"嗯,我还是觉得——"

兄妹俩在低声争吵,显然没有注意到奈杰尔,奈杰尔感觉到这样的争论以前曾经发生过,但是没能达成一致意见。他笑着说道:"我的听力异常敏锐。这是这么回事?"

费思说:"我一直都在告诫彼得,在刑事侦查中,任何事实都可能证明是有用的。"

"太真实了。"

"当事情变得如此奇怪的时候——"

"费思,我绝对禁止你——"

"噢,别那么古板,别那么自大!"费思大声喊道,语气并不尖刻。

"我会告诉你一些关于刑事侦查的事情,"彼得继续说道,"警察总是把时间浪费在傻瓜和好管闲事的人身上,这些人总是抛出荒谬的推测和无关的事实。"

"这也是事实,"奈杰尔说,"但只有负责侦查的人才可以判定什么是相关的事实。"

"昨天下午发生的事情不可能影响到这个案子,"彼得武断地说道,然后他红了脸,看上去年龄突然小了不少,"此外,这不仅仅是我的秘密,有些事绅士是不会说的。"

"哇!"费思"咯咯"地笑着喊道,"你告诉过我的!"

"你不一样。你是我讨厌的、让人激动的、翻来覆去的双胞胎妹妹。"

然后，两人开始像小狗一样在甲板上打滚，互相搔痒。奈杰尔让他们玩耍，但他觉得，以后必须质询彼得。就目前而言，要讯问失去亲人的查尔默斯先生，奈杰尔真的很害怕。

6

职业纪律使普里姆罗斯的父亲成为一个很好的证人。无论如何，他还是把情绪与理智分开，自控得很好。不幸的是，就前一天晚上的事件而言，他却没有任何补充信息。对于普里姆罗斯竟然会离开讲座，他感到有点惊讶，因为她对杰里米·斯特里特的主题很有兴趣，但作为父母，他们从未对孩子施加过不正常的约束。他说，当感到困倦时，女儿就会躺在床上，然而，当普里姆罗斯在讲座结束后没有重新和他们在一起，并且在客舱里也找不到她时，他们开始焦虑和担心，于是到甲板、交谊厅和阅览室四处找她。

在大副舱里，奈杰尔仔细打量坐在对面的这个人。他是一个身材矮小的男人，一张光滑的脸，眉毛弯弯的、长长的，直奔头顶而去，一双眼睛温和而专注，但不知怎么，奈杰尔发现现在有些不专注了，这是一个人倾听的神情。正如分析师必须做到的那样，倾听隐藏在病人和自己声音里的暗示和弦外之音。

"晚餐时，她给你留下了怎样的印象？"奈杰尔问道，仿佛在这个令人困惑、迷失方向、一片黑暗的案子中摸索电灯开关,"有没有感到害怕或兴奋的迹象?"

"我会说她有一个秘密,"查尔默斯先生停顿了一下后提出,"一直在为自己想些什么,或者制订一个计划。是的,这是我的解释。"

"你说'一直'在想一些事情。这么说是有一段时间了?"

查尔默斯先生抚着巨大的额头,说道:"我注意到,昨天下午,普里姆罗斯在我们游完泳之后,变得异常安静。"

"你能告诉我记得的所有细节吗?"

查尔默斯先生以他一贯的方式整理着事实:"我们参观了威尼斯人的歌剧院,在附近的山上野餐,然后休息了一会儿。我妻子想去游泳,但我们不知道海滨浴场在哪里,于是我们走到港口,然后冒险走了一条小路,向西出城。不久,我们来到一个小海湾,我想离港口大约一英里吧。安布罗斯小姐和她的姐姐正在远处的岩石中间晒日光浴。这看起来是个游泳的好地方,但是,她们却告诉我们那里到处都是海胆。所以我们继续往前走。"

"她俩谁告诉你的?"

"是安布罗斯小姐,我想这可能是她的一种非理性恐惧症,但我妻子不愿意让普里姆罗斯冒着有海胆的风险游泳。"

"布莱登夫人说了什么吗?"

"我想没有。当我们离开她们时,布莱登夫人挥了挥手。她妹妹说再往前走有一个更好的海滩。"

"这次会面是在什么时间?"

"我对时间总是很模糊。"查尔默斯先生薄薄的双唇展开,好像微笑的样子,"大概是3点钟左右吧。"

"然后呢?"

"我们继续往前走,走了大约半英里,找到了另一个海滩。我们游了泳。然后,普里姆罗斯一个人溜走了。"

"她走了哪条路?"

"回到我们来时的那条小路上。"

"她离开了多久?"

"我不太清楚。我和妻子在讨论梅拉妮·克莱恩与我的一个病人有关的理论。"

"五分钟?一小时?"

"大概半个小时吧。我想还不到半个小时。我是在普里姆罗斯回来的时候,才产生的那种印象。"

"是什么给你了那种印象?"

"普里姆罗斯似乎心不在焉,全神贯注于某些事情,我该怎么形容呢?她自己的一些问题或者猜测吧。她坐在离我很远的地方,这当然是症状。"

"她只是坐着思考?"

"她拿出笔记本在写。但是钢笔已经干了,所以她向我借了一支铅笔。"

有那么几秒钟,奈杰尔屏住呼吸,然后问道:"一支用橡皮无法擦掉的铅笔?"

"不，是普通铅笔。"查尔默斯先生巨大的眉毛上出现一道不易察觉的皱褶，显示出他对奈杰尔最后这个问题感到奇怪。

"你当时或后来都没有问过你女儿在想什么？"

"当然没有。"查尔默斯先生的语气有点压抑，"孩子的隐私权必须永远得到尊重。"

"她告诉我，她自己也在接受分析。"

"是的，和我的一个同事一起。"

这时，船上的电报叮当作响。奈杰尔把烟盒递给查尔默斯先生，自己点着了一根烟："你帮了我大忙。你可以继续说下去吗？"

"大约半个小时后，我们回到了港口。我们和布莱登夫人说了几句话。她告诉我们，她也游了泳。"

"你是在哪里见到她的？"

"在小海湾的另一边，东边那一侧，我想她是为了追逐阳光挪了位置过来的。她穿着浴袍，游泳用品和衣服摊在岩石上晾着。"

"追逐阳光？"

"是的，在西面，从小路到岩石在高度上有一个急剧的下降，一个山肩正好高出小路。那边的一切都隐在阴影中。"

"她妹妹呢？她游泳了吗？"

"布莱登夫人告诉我们，安布罗斯小姐先走了，还说我们可能会追上她。"

"你们追上了吗？"

"没追上。在我们到达码头之前，她一定已经上船了。"

"布莱登夫人没有说明她妹妹为什么要先走吗？"

"没有。我记得我当时想，这几乎是我第一次注意到她们不在一起。我应该说，安布罗斯小姐是一个情绪化的吸血鬼。"

"你能给出一个大概的时间吗？"

"不能，等一下。是的，我可以。我当时看了看手表，告诉布莱登夫人，蒙纳罗斯号将在四十五分钟之后离开。所以时间一定已经是5点15分了。"

奈杰尔向后靠在椅子上。他的问题正沿着向他敞开的唯一的线索进行，尽管披露了一两个奇怪的事实，还有一个非常有希望的细节，但他还不清楚这条线会如何引出凶手。他问："下午，除了布莱登夫人姐妹，你还看到其他乘客了吗？"

"我们出城后就没见过任何乘客。我注意到斯特里特先生和那个本廷克－琼斯当时都在码头边。"

"你没有觉得有什么特别的吗？"

"嗯，当我们回到码头时，我注意到了那个年轻的特鲁博迪看起来很糟糕。"

"是病了吗？"

"他好像受到了巨大的震动，或者处于某种严重的情绪危机中。他非常突然地拒绝了我的提议，既没有和任何人说话，也没有跟我们一起坐地中海轻帆船回来，可能是坐了晚一点的一艘吧。"

"是的，"奈杰尔说，"他刚刚得手，和布莱登夫人。"

7

查尔默斯先生刚离开,突然有人敲门,是费思,杰里米紧随其后。奈杰尔能感觉得出来,杰里米是被拖进来的,这与他更好的判断是背道而驰的。无论如何,杰里米正站在一旁,粗疏地浏览着大副舱的预约单,好像这一切与自己无关。现在,他那张满是皱纹的英俊脸庞似乎比以往任何时候都更像一个面具,一个随时可能瞬间破碎的面具。

"杰里米被敲诈了!"费思气喘吁吁地惊叫,"我告诉他一定要告诉你,当然,这可能与谋杀无关,但一个能敲诈勒索的人可能也——"

"等一下,"奈杰尔插话道,"你能从头开始吗?请一定坐下来好吗?特鲁博迪小姐。"

费思一屁股坐在大副的床上:"是本廷克-琼斯那个可恶的小人,他在山坡上监视我们。杰里米看见有东西闪光,然后——"

杰里米声音里带着冷淡的愤怒,抗议道:"如果我们一定要家丑外扬的话——"

"家丑外扬!"费思的脸上出现了一丝恶毒的表情,"当你向我求婚的时候!"

杰里米对她怒目而视,然后控制住自己,用一种清脆却不友好的声音讲述了这个故事。等他讲完,奈杰尔说道:"我不明白你在担心什么。你说本廷克-琼斯看到你和特鲁博迪小姐在一起,而他把这理解为伤风败俗。他跟着你们到码头,等你们分开以后,威胁你说要把看到的一切告诉她父亲。对吧？"

"是的。"

"但本廷克-琼斯能有什么证据让特鲁博迪先生信服呢？说跟你和费思说的相反的话,对吗？"

杰里米头上漂染的金黄色头发像马鬃似的闪躲了一下："他有一架照相机,带一个长焦镜头。"说这话的时候,他的嘴唇几乎动都没动。

"我明白了。他给你看照片了吗？"

"还没有。"

"我不知道你为什么不把他的相机砸碎,或者扔进海里！"费思喊道。

"哦,真的！这又不是一部美国电影。"

"你知道,杰里米想让爸爸对某个项目感兴趣,如果——"

"看在上帝的分上,不要插手这件事,费思！"杰里米转向奈杰尔："我们——我想知道的是,你是否能给本廷克-琼斯施加压力,把他手里的胶卷要下来。"

"压力？什么压力？"奈杰尔冷淡地说,"我现在应该进行的是谋杀侦查。"

"这就是重点,"费思盯着奈杰尔,说,"你看,昨晚9点15分之前,我看到了这个肮脏的小人本廷克-琼斯从安布罗斯小姐的客舱走上楼梯,朝游泳池所在的前甲板走去。"

"你指控他谋杀？"

"嗯,这非常可疑,不是吗？"

"我的想法是,我应该利用这些信息从他们那里取回胶卷。"

"那么,还有谁看见他向前甲板走去?"

"我不知道,当时我是一个人。"

"但是你为什么不自己动手呢?如果这是一个勒索的问题——"

"这对我们毫无帮助,"杰里米带着傲慢的神气打断了奈杰尔的话,"我以为,既然你负责调查,你就可以把那家伙的客舱搜查一下。"

奈杰尔说:"昨晚已经搜查过了。"

"真的吗?那么——"

"但不是为了搜相机胶卷。"

"那么,"费思说,"再搜一次吧。"

杰里米举起双手,做了一个夸张的绝望手势。

奈杰尔说:"在我们讨论这件事的时候,你们两个能把你们的活动写下来吗?"

杰里米从口袋里拿出一张纸递给奈杰尔,奈杰尔扫了一眼。

9:00-9:30 在船甲板上做讲座。

9:30-9:35(约)与一些听众交谈。

9:35 去了自己的客舱。

9:40 去了后甲板上的酒吧。

10:00 出现在舞会上。

"你能证实这一切吗?"奈杰尔问道。

"我讲课的时候,大约有五十个人能看见我,我不知道讲座之后和我交谈过的那些人姓甚名谁,不过如果你搞一个列队认人,我可以把他们挑出来。我不知道是否有人看见我回到客舱——和我同住的人当时不在客舱。酒吧老板可能记得,也可能不记得,我的饮酒时间是从9点40分到10点:酒吧里有一群法国佬。费思可以证明我大约10点左右出现在舞会上,并留在了那里。"杰里米故意用那种恼人的语调说话。

奈杰尔转向了费思,问:"你能证实吗?"

"哦,我想能。不过我当时没有看表。"

"你的活动呢?"

"大约从9点钟开始,我在交谊厅里等待舞会开始。彼得、我父亲和我在一起。"

"你在9点到10点之间的任何时候离开过交谊厅吗?"

"哦,没有。"

"那你又是怎么看到本廷克－琼斯先生爬上甲板去杀普里姆罗斯的呢?"

费思咬着她那薄薄的下唇,红了脸:"我想你会认为这很聪明。我当时碰巧站在通往交谊厅的玻璃门旁边。我就是这么看到他走上楼梯的。他走到甲板上,向右转,朝船头走去。"

"好的,"奈杰尔轻快地说,"谢谢你。这里不再需要你了,特鲁博迪小姐。"

费思犹豫了一下,斜着眼睛向杰里米扫了一眼,然后离开了。

"费思似乎是天生的说谎者，"杰里米主动说道，"像大多数女人一样。"

奈杰尔对此没有直接评论，而是说："回到昨天下午吧，你真的向她求婚了吗，或者那是她的另一个谎言？"

"是的，她拒绝了。"

"真奇怪。"

杰里米脸上带着一丝微笑，表明他把奈杰尔的话当成了对他的赞扬："如果你问我，我会说她有点违法，她想要的是性经验，而不是婚姻。"

虽然不讨喜，但这种非同寻常、主动爆料的态度让奈杰尔想到，这个男人由于他们离开了危险地带而如释重负，或者在喋喋不休以转移话题。奈杰尔漫不经心地问了很多问题，这方面的、那方面的，一边等着信号——一个不自觉的手势，一个过于谨慎的眼神，或者是空气中一种更大的紧张感。这是建立在对大量犯罪嫌疑人讯问的经验基础上的、训练有素的本能，告诉他侦查已经接近一个敏感点。

"我相信本廷克－琼斯是想要钱吧？"

"大概是吧。不过，他的方法非常狡猾。"

"你答应过他吗？"

"天哪，没有，我在拖延。"

"那是在哪里发生的？"

"在码头上。我很快甩掉了他，然后乘小船回到游轮上。我想要得到——把事情想清楚。"

奈杰尔脑子里的潜艇搜索器在隐隐作响。杰里米的最后一句话改变了方向，他"想要得到"什么？"但你又上岸了。你后来回来的时候，和马辛格小姐、我坐的是同一条地中海轻帆船。"

"就是这样。"

"第二次你去哪儿了？"

"去了离港口不远的地方。向西。我找到了一点阴凉处，读了一本书。"

奈杰尔觉得脑子里的潜艇搜索器又没声音了，对下一步行动感到茫然，他问："什么书？"

然而，这个愚蠢的问题产生的效果令人吃惊。杰里米抬起头，用颤抖的手指抚平脑后的头发，精致的、轮廓鲜明的嘴突然显得笨嘴拙舌起来，他喊道："真是个该死的、荒唐的、无礼的问题！"

"我料想也是愚蠢的，但为什么是无礼呢？"

"我用这个词的意思是不相关、不相干。"

"你不记得那本书的书名了吗？"

"现在听我说！我——"杰里米显然控制住了自己，他脸上露出讨好的微笑，接着说道，"不，事实上我不记得了。那是我从船上的阅览室拿出来的惊险小说。事实上，我没怎么看书，因为无法忘记那个讨厌的本廷克-琼斯。"

稍作停顿后，奈杰尔问："从你坐的地方，能看到那条通向城西的小路吗？"

"能，我在上面，在山坡上。"

"你看见有你认识的人经过吗？"

"我看见普里姆罗斯·查尔默斯和她的父母正朝镇上走去。"

"知道当时的时间吗？"

"知道。我当时看了看手表，看是不是该回去了。是在5点20分和5点25分之间。"

"安布罗斯小姐一定是在那之前走过那条小路，你有没有注意到她？"

"没有。"

奈杰尔似乎感觉到紧张气氛又回来了，本来在他们离开杰里米读书的话题以后，紧张气氛已经有所缓解："你什么也没看见，什么也没听见？"

"我不这么认为。哦，早些时候，有人但可能是山羊——在我头顶的山坡上乱跑。也许在查尔默斯一家经过前的一个小时里。"

奈杰尔想：也许是一只人类山羊，一只对这个岛屿了如指掌的山羊似的色鬼。

8

奈杰尔觉得在讯问梅丽莎之前，可以再进一步。一阵海风从船舱的窗户吹了进来，拍打着窗帘，缓和了白天的酷热。他向外望去，看到了大海和天空，还有远方一个朦胧的小岛。

他又坐下来，开始在一张大页纸上写字。他的习惯是，在侦查的间歇期,编纂一本古怪的选集——具有挑战性的信息、对话、质询和观察的碎片,这些东西让他觉得反常,想到的就记下来。他还没写完,烟灰缸里又堆了三根烟蒂。

兰瑟中暑了,却独自返回船上。

"把游泳用品和衣服摊在岩石上晾干。"口误?若否,原因为何?

关于尼基的证据——有很多争议。

杰里米当时在读什么?色情作品?不仅仅是在费思的插曲之后。

他读什么书被人知道才会丢人现眼?或者,他回到船上取的不是书?而是?

费思应该被打屁股,她会相信兰瑟攻击她的话,在学校找麻烦吗?

彼得在卡林诺斯岛看到了什么?"当时我不知道她中暑了。"中暑解释了梅丽莎的一些特殊行为。某事给了彼得"巨大的震动",急性情感危机???好吧,你去问问他,你个愚蠢的傻瓜。

铅笔,不是自来水笔。首要的是——后续。压力。胶卷。

普里姆罗斯的"秘密",她的"计划"与兰瑟有关?当然。你为什么把人推进游泳池呢?克莱尔中了头奖??

尼基说谎,我错认为他离开了港口。谎言。

然而,他对梅丽莎客舱里发生的这件事说了实话。非常重要?

为什么梅丽莎在沉默中挣扎?为什么要挣扎?她已经安排好要和尼基幽会。不,我们只有他的一面之词。问她。

淋浴时没戴浴帽?看起来很糟糕。

能检查本廷克-琼斯的活动吗？在什么情况下被谋杀的是受害者，而不是勒索者？

奈杰尔面对这个奇怪的组合陷入了沉思，他把这些碎片推来推去，试图让它们相互配套。他很快就扔掉了其中的几个，那些好像来自不同的谜题，被放错了盒子。但令人惊讶的是，剩下的拼成了一幅图画的一部分，奈杰尔现在意识到，自己已经在不知不觉中看到了一幅奇妙的画面，可以不时地在半明半暗中瞥见。他在大页纸上又增加了两个条目——

登陆卡。尴尬，但也可能被动了手脚，尤其是尼基。
克莱尔、主教、得洛斯的梅丽莎、天鹅。

当奈杰尔把纸折好装进口袋时，尼基带着一沓纸进来了："他们差不多完成了。我已经按字母顺序排列好了。"

"非常好。有人拒绝给我们报告吗？"

"没人拒绝，先生。当然，我没有打扰布莱登夫人和查尔默斯一家。还有，特鲁博迪小姐告诉我，她给了你口头数据。"

"你把你自己昨晚的行动也记录进去了？"

尼基看起来受伤了："当然，当然。我为什么不呢？哦，还有，伦敦警察厅刚刚来了一条无线电信息。"

奈杰尔读了信息。记录显示，本廷克-琼斯是一个骗子。1947

年有一段服刑期。此后没有犯罪。"他换了行当。"奈杰尔说道,"你在卡林诺斯岛做了什么,我的朋友?"

尼基明亮的眼睛变得扑朔和蒙眬起来:"喂,你这是受了什么影响,斯特雷奇威先生?"

"好吧,雅典警方会发现的,我不认为他们的方法会像我这么彬彬有礼。"

"卡林诺斯岛,正如你们伟大的剧作家吉尔伯特·沙利文所写的那样,与这起案件没什么关系。"

"那你为什么要谎报你在那里的活动呢?"

"先生!你侮辱了我!"尼基愤怒地眨着睫毛,"我们希腊人是一个骄傲的民族——"

"就你个人而言,你是不是因为太骄傲,所以才没进入本廷克-琼斯先生的客舱盗窃的?"

"那个骗子啊!"变幻莫测的尼基微笑着,"我会为你痛打他。为什么都行。"

"待会儿,我会和布莱登夫人在这里交谈,把本廷克-琼斯也请过来,你就可以去搜查他的客舱,这次,你要找的是胶卷。虽然我们没有这方面的权力,但这是不得已的。不过,不要明目张胆地搜,否则你会捅娄子的。只要收集你发现的任何胶卷或者照片。哦,还有一件事——"奈杰尔看了尼基一眼,眼神坚定,"有可能通过无线电话与卡林诺斯岛取得联系吗?"

"当然。"

"那么你会要求船长这么做吗？我希望卡林诺斯当局能搜索你推荐给布莱登夫人的浴场及附近。"

"搜索？为什么要这么做？"尼基脸上的困惑或惊慌失措的表情近乎滑稽可笑。

"他们应该搜查小路两侧的小海湾，以及小海湾和海港之间的陆地，他们会寻找到线索的，尼基，线索——一个凶手留下的东西。"奈杰尔盯着尼基，急切地说。尼基也凝视着奈杰尔，好像奈杰尔有恶魔般的力量。

"你能先去找索尔韦主教吗？问问他是否愿意到这里来？"

尼基抓着毛茸茸的下巴离开了。奈杰尔从那沓纸里挑出彼得、本廷克-琼斯和尼基本人的，再加上已经给了他信息的杰里米和费思，这些人是船上对兰瑟有谋杀动机的所有被怀疑对象。

彼得写道，前一晚从 8 点 45 分左右开始，他就一直和家人坐在交谊厅的前排，待在那里直到舞会开始。只有一两分钟除外，他无法给出确切的时间，当时费思让他去自己的客舱取一个披肩，此后，他就一直在酒吧和梅丽莎聊天或者跳舞，直到 10 点 30 分。

与彼得粗心大意的潦草字迹相比，本廷克-琼斯的笔迹看起来很小，难以辨认、神神秘秘的。他陈述道，从晚餐结束到 9 点 15 分左右，他在后甲板的酒吧里。然后，因为裤腿上洒了饮料，他用口袋里的手帕擦了擦，就到下面去换一块干净的手帕。"然后，我看到尼基走进布莱登夫人的客舱，当时的情况我已经告知过你了，我准备为我的宣誓做证。"这个插曲结束后，本廷克-琼斯在舞会开始前，走上甲板透了透气,他从那时起就一直在前厅里。

尼基的陈述则详细得多,却不那么精确。大约快到9点的时候,他上了救生艇甲板,看讲座是否一切准备就绪。他到船上的其他地方履行职责。9点15分,他去梅丽莎的客舱,被拒绝了,回去梳头、疗伤,在9点25分至9点30分出现在前厅。

这三种说法似乎无懈可击。要确认的是,费思是否让彼得去取自己的披肩,本廷克-琼斯关于把饮料洒出来的陈述是否真实,虽然这里让奈杰尔觉得他有点过分热情了,但他不可能按照事先预谋好的,在这段时间里谋杀普里姆罗斯,因为他不可能提前知道她会早早地退出讲座。尼基与梅丽莎的插曲似乎仍然很奇特。明明知道这个讲座9点30分就要结束了,她还与尼基约定在9点15分幽会,这不是很奇怪吗?再说15分钟以后,她妹妹还可能会回来?不管人们怎么看梅丽莎,她肯定不是一个短时间就能满足的骚货。事实上,有没有可能她根本就没有定过这个幽会?而是尼基看见她进了客舱,决定试试运气?凭良心说,他得到的鼓励是足够的。

这时,尼基把索尔韦主教请来了,自己准备离开。奈杰尔喊住他:"不,别走,尼基!"然后,奈杰尔对主教说:"先生,你能帮帮我吗?尼基即将通过无线电话联系卡林诺斯岛。他联系的时候,你能在场吗?"

对于奈杰尔的要求,主教和尼基一样困惑不解。

奈杰尔解释道:"你懂希腊语,我只是想确保信息没有错漏。"

"好吧,上帝保佑!"主教敏锐地瞥了一眼站着的尼基。只见他张着嘴，像一个歌剧男高音，即将开始唱一个伟大的、抗议的咏叹调，"很好，有什么信息？"

奈杰尔告诉了他。

9

现在还不到 11 点 30 分，但是还没有乘客自愿前来做证。与其说奈杰尔急于开始下一次讯问，不如说是因为案件进展在很大程度上取决于下一次讯问，尽管他也很不情愿。奈杰尔找到普伦基特医生，问现在是否可以和梅丽莎谈谈了。

"好吧，我想半个小时也没什么，不过我得出席。她是我的病人，而且她已经筋疲力尽了。"

"你一定要到场。我会尽可能地让她讲得既简短又轻松。"

医生先进入梅丽莎的客舱，然后，他伸出头，招呼奈杰尔进来。

一台电扇在全压下运转，但小屋里还是很闷热，还有一股古龙水的霉臭味。亚麻布窗帘盖住了舷窗，灯光减弱，宛若黄昏。这是蒙纳罗斯号上最贵的一种客舱，有两张床，而不是分层铺位。梅丽莎躺在其中一张床上，枕着枕头，一条棕色手臂慵懒地放在白色的床单上，另一只手托着头，头用一条黄色丝质手帕半遮半掩着。即使在悲痛的打击下，她摆迷人姿势的本能也没有消失。她一如既往地精心化妆，但似乎由于所经受的磨难，容貌显得粗糙了些。

奈杰尔说道："你能见我真是太好了。请接受我的同情，这对你来说是一个可怕的打击,我会尽量不打扰你,至少在我们抵达雅典以后,可以省去警察对你几小时的讯问。"

"请坐下,斯特雷奇威先生,奈杰尔,如果我可以这样称呼你的话。"梅丽莎放在床垫上的那只手做了一个虚弱的手势,指了指那张双人床,瞥了一眼普伦基特医生,"医生告诉我,你是一位著名的侦探,我根本没想到。现在,你想问我什么?"

悲伤似乎给了这个女人一种尊严和平静,而这是在他们短暂的相识中从未显示出的,原来娇俏迷人的气质不见了。

"你最后一次见到你妹妹是什么时候?"

"昨天晚饭后,我给她带了一些葡萄。"

"那她当时的心情如何?"

"嗯,她很沉默,但她确实说头痛好多了,马上就可以去听讲座了。她似乎不想让我留下来,所以我在和她坐了大约十分钟以后就去了休息室。"

"你有没有印象,嗯,她想着要结束她的生命?"

"当然没有!如果是那样的话,我绝对不会离开她——我的意思是,她当时看起来并不比平时更沮丧,说实话,当她谈到自杀时,我开始怀疑她是否是当真的。"

"你能告诉我你自己的活动吗?我也好记录在案。你去了酒吧?"

"是的。我喝了一杯。然后我回来这里,为参加舞会换衣服。"

"那有多长时间?"

"嗯,我穿得太老了。我给了自己四十分钟的时间;舞会定于9

点 30 分开始。是的，所以我一定是在 8 点 50 分时下来的。"

"你妹妹不在这儿吗？"

"没有。我以为她已经上去了，是为了在讲座上占个好座位吧。"

"我注意到你直到第二次狐步舞开始了才露面。你被耽搁了？"

"嗯，我很热，所以洗了个澡，然后发生了一件很烦人的事。"

"是什么事？"

"哦，我真的不想告诉你。"

"你不需要告诉我，尼基已经告诉我了。"

梅丽莎那涂了睫毛膏的睫毛抖动着，她别过头去："噢！噢，我的天！但他真是太了不起了！这太让我尴尬啦。我最不想做的事就是让那个愚蠢的人有麻烦。"

"他说你定的，让他 9 点 15 分来看你。"

"真的吗？嗯，我得说！我恐怕医生会被这一切弄糊涂了。"梅丽莎现在肯定很激动，"医生，请让我单独和斯特雷奇威先生谈谈，好吗？我保证我不会累着的。"

"很好，不过不能超过十分钟。我到时候会再回来的。"

梅丽莎向普伦基特医生看了一眼，眼神里有感激，有忧郁。医生出去后，梅丽莎说："尼基一定是误解了我说的话。我确实在早上告诉过他，也许我会在舞会开始前见他。"

"私下里见他？"

"嗯，是的。他变得相当麻烦了，我是说，他非常吸引人，我喜欢他，但我觉得现在是时候让事情冷静下来了。但后来他大步走进来，有点向我扑来的意思。"

"当时黑着灯?"

"是的。你知道,那真是一件麻烦事。"

"你在摸黑穿衣服?"

"我?哦,我明白了。我刚洗完澡进来。我想他看见我进了客舱,然后尾随而来。我还——我刚脱下浴袍,正要开灯,他突然跳了进来。"

奈杰尔不再追问了,他目不转睛地盯着那张转过去的脸,那张从黄色围巾中脱颖而出的精致的侧脸,说道:"恐怕你妹妹并不是自杀。"

"恐怕?我不明白……天哪!"梅丽莎双手掩面,"她没有——这与那个可怜的孩子无关?"她喃喃地说道,声音断断续续的。

"我们还不知道。你是什么时候听到普里姆罗斯的死讯的?"

"昨天晚上,舞会结束后,谣传——扩音器一直在找她们。我到这里来找兰瑟,她不在客舱里,那时大约是11点,她通常是不熬夜的。我在甲板上到处找她,就是这个时候,有个船员告诉了我普里姆罗斯的事。后来我没有找到兰瑟,就让尼基用扩音器广播一条消息找她。"

"梅丽莎,你必须为更糟糕的情况做好准备——"

"我知道你要告诉我什么。"她目不转睛地直视着前方,"她是被谋杀的,是不是?"

奈杰尔无须作答。

"他们找到——她的尸体了吗?"

"没有。"

"我不知道该说什么,"她几乎是一声哀号,"我就是不知道该说什么。对此，我很害怕。"

"怕她会？你怀疑是谁干的？"

"好吧，可怜的兰瑟，她确实把刀子捅到人身上了。比如，斯特里特先生。"

一片寂静后，奈杰尔小心翼翼地说："我不会麻烦你说出原因，但我相信谋杀的线索还在卡林诺斯岛。"

"在卡林诺斯岛？"问话发出幽灵般的回声。

"是的，如果你能准确地描述昨天上岸后，你和你妹妹所做的一切，那将是对我最大的帮助。"

梅丽莎慢慢地转过头来，第一次正面看着奈杰尔。她的眼皮看起来肿了，眼神在捕捉他的眼神时，有一种茫然、狂野的感觉："如果重要的话，我会试试的。"

在奈杰尔偶然插入的一个问题的帮助下，她讲述了自己的故事。这对姐妹游览了这个小镇，买了一些明信片，在码头边的一家露天咖啡馆吃了午饭，然后前去寻找尼基推荐的小海湾。她们在通往小海湾的小路上没有遇到任何人。梅丽莎想，她们一定是在2点30分左右到达的小海湾。在过去的几天里，兰瑟喜欢上了日光浴，所以她们先晒了一段时间的日光浴，接下来，梅丽莎决定去游泳，那里的水很深，而且潜水用的岩石也很好。可是，兰瑟在海面下面的几块岩石上发现了海胆，并力劝梅丽莎不要冒险在这些岩石上游泳。此后不久，查尔默斯一家出现了。

"是的，查尔默斯先生告诉我，你妹妹警告过他们有海胆，还告诉他们在更远的地方有一个安全的海滩。顺便问一下，她是怎么知道那里有个海滩的？"

"哦，她哪里会知道。她只是想摆脱他们，尤其是那个孩子。普里姆罗斯曾经惹恼过她。嗯，事实上，兰瑟对我有很强的占有欲，你肯定也注意到了。我们这么久没见面了，我想她喜欢跟我一个人待着。"

"这么说你们两个都没游泳？"

"当时都没游。"

"她不会游泳吗？"

"嗯，她不会。"

"小时候从没学过？"

"我不记得了。当然，她可能以前就学会游泳了，但是她说得就好像她不会似的。"

"我明白了。你能从那里继续说下去吗？"

查尔默斯一家离开后，梅丽莎就睡着了。当醒来时，她注意到躺在身边的兰瑟看上去像是病了，还说自己头痛得厉害。梅丽莎试图把她从海边移到有阴凉的地方，但她晕过去了。梅丽莎把手帕浸湿，放在妹妹的前额上，附近看不见任何可以求助的人。不久，兰瑟恢复过来，但脾气很坏，说她必须回到游轮上。梅丽莎想陪她回去，担心她身体不太好，一个人回不去，但她坚持要自己回去。

"她要一人回去一定有什么特殊原因，你觉得呢？"

"特殊原因？"

"她经常和你在一起，我想知道，她是不是约好了和谁见面，却不想让你知道呢？"

"哦，我明白了。"梅丽莎默不作声，皱起了眉头，陷入了沉思，"好吧，现在你这么一问我，我也就想起来了。她似乎很不耐烦，就是想离开。我当时把它归因于昏倒之后，她变得易怒。她真的不喜欢那么依赖我。"

"当人们开始变得烦躁易怒时，这是康复的迹象。"

梅丽莎匆匆地瞥了他一眼："所以，易怒与自杀的可能性不一致？"

"没错。"奈杰尔想，梅丽莎的思维过程已经因兰瑟的死而日渐清晰了。

"你觉得昨天下午她可能事先安排好去见一个人，在岛上，他们之间发生了什么，导致她昨晚被谋杀？所以你才说凶手的线索会在卡林诺斯岛发现吧？"

"这是一种推测。"

"你认为她是在岛上遇到凶手的？"

"是的，她什么时候离开你的？"

"哦，天哪，我不知道。我不知道自己睡了多久。"

"是不是在你和查尔默斯一家再次谈话前的半个小时？"

"大概是吧。"

"我猜想你终归还是游了泳？"

梅丽莎解释说，兰瑟刚离开，她就决定去游泳——因为再没有人在那里为海胆大惊小怪了。当她游好泳时，小海湾的那一边已经有阴影了，所以她移到了另一边。

"把你的衣服摊在阳光下晒干？"

"晒我的衣服？"梅丽莎看上去有片刻不安。

"查尔默斯先生告诉我，你把衣服摊在岩石上晾干。"

"是的，真让人恼火。当我潜水的时候，一不小心把衣服从岩石上踢了下来，这就是我差点错过上船的原因，我一直在等衣服干。"

"彼得在等你吗？"

"你是什么意思？"

奈杰尔觉得梅丽莎的态度里有了戒心。他说道："你们是一起回到船上的。"

"哦，我明白了。是的，他在码头边。但据我所知，他不是在等我。"

"他没有解释为什么这么晚才离开？"

"没有。事实上，我几乎没听到他说一句话。他看起来处于一种奇怪的心理状态。哦，我的上帝！你不认为——"梅丽莎的话中断了，纤细的手紧紧地握着床单。

"我不认为什么？"

"彼得会是——兰瑟安排见面的人吗？"

无论奈杰尔对这个问题有什么想法，他都没有进一步详细论述，因为这时普伦基特医生走进了客舱，坚定地告诉他时间到了。

10

"你可以告诉本廷克 - 琼斯先生，我现在想见他。"

尼基的牙齿像前面拍岸的白浪一样闪着光，他兴致勃勃地问奈杰尔："那么我把他的客舱拆了？"

"你可能会在他的相机里找到胶卷。"

然而，当相机的主人进来时，只见他把相机挂在肩上，厚颜无耻地对奈杰尔笑着说："伟大的侦探，怎么样了？还是一头雾水吗？"

奈杰尔没有搭理他，而是仔细地观察对方。这个人在他热情的专业态度背后，既不羞耻也不内疚，因此，普通武器对他是没用的，甚至连奈杰尔迎接他时保持长时间的沉默，也没有使他感到丝毫不安。本廷克-琼斯自顾自地坐到床上，点燃了一支香烟，问："你有什么命令，亲爱的先生？"

"我听说你故技重施了。"

"故技？那要看你的意思了。"本廷克-琼斯愉快地说道。

"不像你十年前的做派。"

"好吧，好吧，我们一直在挖掘过去，是吗？"

"我们以前挖过，现在也在挖。我马上还要挖下去。你认为是谁犯下这些谋杀罪的？"

"我不像你，我可没有收集证据的能力。干吗要问我？"

"因为你的职业需要仔细研究人性的弱点。"

"我的职业？"

"或者说爱好吧，或者你管它叫什么都可以。"

"恐怕你知道的要比我多。"

"说得对。斯特里特先生把你和他的谈话内容都告诉了我。"

本廷克－琼斯厚颜无耻的胖脸上流露出谨慎的神情。在回答之前，他抽烟的速度快了些："斯特里特先生是一个富有想象力的人。他对这场对话是怎么形容的？"

奈杰尔慢慢悠悠地讲给他听，因为必须为尼基争取时间，所以，奈杰尔还不能提及本廷克－琼斯用胶卷威胁杰里米的这一细节："你是否承认你曾经试图威胁过他，向他勒索钱财？"

"我当然否认，你根本没有证据证明他的叙述。"

"你什么也不承认？"

"我承认我看到他和特鲁博迪小姐有伤风化的那一幕。"本廷克－琼斯的舌头舔着嘴边，好像要舔回一些正在吃的面包屑。

"这么说你只是一个无害的老偷窥狂？"

"我不赞成老年人腐蚀未成年人。任何公民都有揭露这类事情的公共责任。你不赞同吗？"本廷克－琼斯并没有试图掩饰自己话里的玩世不恭。

"你能从你的爱好中得到道德上的满足和现金报酬，真是太好了。你会说斯特里特既有勒死未成年人的能力，也有腐蚀未成年人的能力吗？"

"不存在现金报酬的问题，"本廷克－琼斯态度很敷衍地回答说，"当然，斯特里特是一个自负的人，以我的经验，这种人不会容忍有障碍在前。"

"以你在监狱里的经验？你在那里遇到了一些杀人犯？"

本廷克－琼斯像狗一样咧嘴笑了："我觉得我们的谈话语气更友

好了，是我的错误。"

"你有没有想过，如果斯特里特先生是一个铤而走险的人，不会容忍有障碍在前，敲诈勒索他会有危险吗？"

"我相信他本身就是一个铤而走险的人，"本廷克-琼斯平静地回答，"但是，正如我告诉你的那样，我并没有敲诈勒索他。"

"你昨天下午和他谈话的版本是什么？"

本廷克-琼斯从容不迫地讲述了这件事。要点是他把所看到的告诉了斯特里特，他觉得自己有责任告诉费思的父亲特鲁博迪先生，除非斯特里特答应对费思放手。

不久之后，尼基出现在船舱门口，看上去垂头丧气的。他向奈杰尔摇了摇头，奈杰尔立刻说："我想这位先生有一些想冲洗的胶卷，船上有人能帮他吗？"

"当然，当然。"

"请把你的照相机给我。"奈杰尔把手伸向本廷克-琼斯。

本廷克-琼斯站了起来，大声喊道："这到底是怎么回事？我绝对拒绝——"

"拿过来，尼基。"

尼基用力向下按压本廷克-琼斯的头，使他立刻像一架折叠起来的六角手风琴似的蜷缩起来，然后尼基迅速地把相机扯下来，发现里面有一卷胶卷，便拿着离开了。

等尼基离开后，奈杰尔才对本廷克-琼斯说："我忘了告诉你，斯特里特提到你一直在拍照。"

本廷克-琼斯朝他看了一眼,像是投了一个带毒的飞镖:"我要向船长和船主们投诉!这太离谱了!"

"我知道,公海上的抢劫。说到这里,你从普里姆罗斯身上也扯下了笔记本吧?她在笔记本的末尾写了什么?"

本廷克-琼斯的眼睛在小屋里转来转去,他气喘吁吁的,但愤怒的语气渐渐平息:"我不明白你的意思。"

"她笔记本的其余部分都是用墨水写的,墨水在游泳池被水一泡,字迹就无法辨认了。查尔默斯先生告诉我,普里姆罗斯最后一笔是用铅笔写的。你能读到这个内容。在把笔记本扔进海里之前,你也确实读过,对吧?她写了什么?"

"我从没碰过任何该死的笔记本!"本廷克-琼斯的声音像长期身陷囹圄的囚犯的哀鸣。

"你可真不走运。如果你能早告诉我这个信息,我可能会让你好过些。事实上,你拍的那张照片……"

奈杰尔到处虚张声势:底片可能不在相机中,也许甚至根本就不存在。因为本廷克-琼斯告诉斯特里特,说拍下了他和费思的照片,也可能是在虚张声势。

本廷克-琼斯摒不住气了,他问:"你有什么提议?"

"在某些情况下,可能会有人说服杰里米·斯特里特三缄其口。"

"别逗我啦!他当然会的。他出不起丑闻,与特鲁博迪先生无关。"

奈杰尔和蔼地问道:"你就没想过去勒索特鲁博迪本人吗?他那么有钱,还要顾忌女儿的名声。"

本廷克－琼斯耸耸肩："我问你，你有什么提议？"

"好吧，你放了斯特里特，我就放了你；但我必须知道普里姆罗斯的笔记本上写了什么。"

"这是最不道德的想法，重罪私了，是吗？"矮胖子本廷克－琼斯笑了，"如果我不玩呢？"

"我就把你交给希腊警方，并把我得到关于你的信息转告给伦敦警察厅，不管斯特里特是否同意。"

"门儿都没有。"本廷克－琼斯冷笑着说。

"我以为不是。你忘了这是对一起谋杀案的侦查。我有一个证人看见你跟在普里姆罗斯的后面去了甲板，就在她被谋杀之前。"

"你在诈我。"

"我会让她当着你的面重复一遍的。"说着，奈杰尔朝着门的方向走去。

"等一等，等一等！我发誓我和那孩子的死无关。"

"然后，在她的尸体被发现后，有人看到你对尸体的兴趣很反常。你偷了她的笔记本，因为你害怕里面包含你勒索活动的确凿证据。"

"这太荒谬了！"

"雅典警方不会接受这种观点。再见。"

本廷克－琼斯终于紧张起来："就算我告诉你她写了什么，可是真的没有任何意义。"他都快要呼天抢地地哀号了。

"这得由我来判断。"

"你能保证，另一件事不会继续下去吗？"

"我无法保证,"奈杰尔严厉地说,"我对这个指控你是杀人犯而不是勒索者的案子感兴趣。如果你是无辜的,你最好跟我合作。如果你不合作,警察会把你撕成碎片。你知道,他们可以相当粗暴。"

本廷克-琼斯的厚颜无耻此时已经消失得无影无踪了。奈杰尔终于发现了他的弱点:这个人是个不折不扣的胆小鬼,所以,他探讨潜在受害者时才会百般狡诈、含沙射影。

"她写的东西毫无意义,"本廷克-琼斯喃喃地说,"我没记住确切的单词,但大致是这样的。'A 是个骗子,她说自己不会游泳,但我几乎可以肯定她会游泳。因为 B 总是戴着一顶黄色的浴帽,而我看到的那个人没戴黄色浴帽。我离得太远了,中间还夹着石头,所以看得并不清楚,但我看到她游了出去,去拿那个漂走的柳条箱。一开始我还以为是海豹呢,但希腊是没有海豹的。我看到有个人用手臂去够海里的柳条箱,然后一颗黑色的头露了出来,又消失在岩石下面。为什么别人在场时她从不游泳,也许她有残疾?'我说得太快了吗?"

奈杰尔把它记在一张纸上:"不快,继续。"

"有一点是关于她是多么讨厌 A,并且很想让她现身。整件事都很幼稚。然后她写道,'我想可能是 B,或者是第三个人,但我们经过的时候明明只有两个人。我能证明吗? A 是个下流卑鄙、出言不逊的伪君子。她侮辱了我,我要制订一个计划,等待时机,报仇雪恨。'"本廷克-琼斯试探性地笑了笑,"真是个报复心很强的婴儿。"

"就这些吗?"

"笔记本的内容就到此为止了。"

"你确定你什么都记得吗？再想想看。"

"是的，"本廷克-琼斯停顿了一下说，"这就是她写的全部内容，但愿对你有大用。"他突然又恶狠狠地追加了一句。

"昨天你和斯特里特谈话后，你去了哪里？"

"在码头边，喝酒。"

"直到你回到游船上？"

"是的。"

"在码头附近？"

"是的。"

"在等安布罗斯小姐吧？她什么时候来的？"

"我不知道你在说什么。"

"你没有跟安布罗斯小姐约在那里见面吗？"

"我为什么要这样做呢？"本廷克-琼斯颤抖地说，"我整个下午都没见过那个女人。"

"你是什么时候回到游轮上的？"

"哦，我想大约是5点30分吧。"

"你一直都是一个人吗？"

"是的，但是——"

"早些时候见过我们的朋友吗？"

"斯特里特又独自上岸了，走的是哪条路呢？好像是出了城往西走的。"

"尼基在附近吗？"

本廷克－琼斯的脸上露出了复仇的神色："从某种意义上说，他在。"

"从哪种意义上说？"

"他假装不在。但我看见他从一条巷子里溜了出来，就在海关大楼或其他什么地方的另一边。我大声叫他。他慢慢地后退，退出了我的视线范围。后来，我问他当时在干什么。他矢口否认当时去过那里，还说我一定弄错了。你最好盯住他。"本廷克－琼斯总结道，"他是个狡猾的人。"

"你是什么时候看到他鬼鬼祟祟地出现在巷子里的？"

"哦，在我回到船上大约半个小时之前。5点钟。"

就在这时候，尼基走了进来，告诉奈杰尔外面有两名乘客急切地想要见他。

奈杰尔说："让他们进来。"然后，他对本廷克－琼斯说："今天暂时就到这里吧。"

11

尼基带进来了两个女性乘客。年长的那位有一种和蔼、茫然、歉意的表情。奈杰尔猜测，她是被年轻的那位带过来的。

这时，年轻女性对奈杰尔说："我是简·阿瑟斯，这是我的姑妈艾米丽。她有一些信息要告诉你。"说完，她看向自己的姑妈。

老太太接话道："恐怕我们是毫无道理地擅自占用了你的时间。

就像我告诉我侄女的那样，因为我近视得很严重，实在不适合当目击证人。"

"目击证人？"尼基差点儿尖叫起来，"女士，你看到犯罪了吗？"

"哦，天哪，没有那么……有用的了。我必须道歉，斯特雷奇威先生，占用——"

"求求你，艾米丽姑妈。斯特雷奇威先生需要这个信息。"

"可是也太牵强了。"老太太张皇失措地说道，眼睛摸索着向前，掠过与奈杰尔相隔的几英尺空间。

在经历了更多这样的回合之后，奈杰尔把她带入了正题。她说，自己曾经登上主甲板舱室通往前交谊厅的楼梯，昨晚9点15分左右，一个女人下了楼梯，从她身边经过。她现在认为这个女人就是兰瑟。可能是快到9点15分的时候，她只是瞥见了角落里那个女人的眼睛，却无法肯定那是兰瑟。那个女人急匆匆地跑了过去，头上和肩上披着一块小毯子给她留下了印象。

两位女士离开后，尼基说，艾米丽·阿瑟斯不愿意主动提供信息是可以理解的，因为"这位女士是个半瞎子"，他不知道奈杰尔能从中获得什么。

但奈杰尔却说："如果她说的是真的，将很有启发，比如那块毯子。不过，我同意我们不能依靠她的证据。事实上，目前我对你的活动比对安布罗斯小姐的活动更感兴趣。"

"我的？但我告诉过你——"

"你昨天下午的活动。我和马辛格小姐看见你从海关大楼旁悄悄溜走，那样子鬼鬼祟祟得很，十分可疑。你矢口否认，说我们看到的不是你。后来，大约下午5点，本廷克－琼斯看到你悄悄地溜回来。你也告诉他，他弄错了。你到底在忙什么？"

尼基的眼神发直了。他张了张嘴，什么也没说，又闭上了。

"我认为，"奈杰尔接着说，"你和布莱登夫人在小海湾幽会。为确保梅丽莎会独自一人，你也告诉兰瑟你想在下午某个时候和她私下谈谈。当然，你并不打算赴第二个约会。"

尼基盯着他，内心有怀疑，也有恐惧。

"在去小海湾的路上，你不幸遇到了兰瑟，然后发生的事迫使你杀了她。"

"喂！这可是乱了套啦！斯特雷奇威先生，你感觉还好吗？"

"本廷克－琼斯先生说他看到你'从巷子里溜了出来'。他用的是'溜'，'巷子'，流浪猫，溜出来的流浪猫，公猫。你和哪个女人在一起？布莱登夫人？还是安布罗斯小姐？"

"都不是。"

"但是你和一个女人在一起？"

"我现在不想说话。"

"也许雅典警方会给你的说话设备上润滑剂的。"

"我是希腊人，一个勇敢的人。我不会被暴徒吓倒。"尼基看了奈杰尔一眼，一脸的严肃正直，"如果我告诉你，你会答应我到此为止，不再深究吗？"

"我现在无法做出任何承诺，但是如果这与谋杀没有关系——"

"那好吧。"尼基立刻眉开眼笑了,说,"我在与爱与美的女神阿佛洛狄忒睡觉。"

"请你再说一遍?"

"她是爱琴海最美丽的女孩。哦,天哪,多漂亮的身体啊!"尼基在稀薄的空气中勾勒出一个华丽的身形,并开始历数这位女士的魅力。

"可说到底,你为什么不早告诉我?"

"阿佛洛狄忒的丈夫是一个捕海绵的人。他在夏天离开卡林诺斯岛。他是一个强壮的男人,比我还强壮,他已经毁了两个男人,因为他怀疑他们和阿佛洛狄忒接吻拥抱。这就是我和她只能在一个朋友家里相会的原因,我不论是去还是回都必须悄悄地。岛上的流言蜚语很多,你知道吗?如果这事传进这个埃贾克斯的耳朵里……"

"埃贾克斯?"

"就是阿佛洛狄忒的丈夫,他会找到我,把我的肠子扯出来,然后当着我的面吃掉。"

"对于你们两个来说都是不愉快的,如有必要,这个阿佛洛狄忒能证实你的陈述吗?"

"她会引爆炸弹,然后带着它上床睡觉吗?不,她太怕埃贾克斯了。如果晚饭做晚了,他都要揍她。如果她给我做证,让她丈夫知道,她非被碾成粉末不可。"

"我明白了。那么,你整个下午都和这个女神在一起?"

"板上钉钉的事。"

"但是可以说，你还有一些东西给布莱登夫人留着吧？"

"对于女人，"尼基宣布，"我拥有雷神宙斯那取之不尽的力量。"

"虽然讲座将在9点30分结束，你还声称布莱登夫人和你约好了昨晚9点15分见面——可她妹妹可能会返回客舱呀？"

"一刻钟，一小时，五小时，这又有什么关系呢？"尼基用他那最有派头的样子说道，"爱情的音乐有很多节拍，我不会说迷人的梅丽莎用寥寥数语跟我定了一个幽会。但是，昨天早上她悄悄告诉我，会在舞会前见我，她会等我的，她的眼睛告诉了我其余的一切。"

"包括她等你的确切时间？"

"我本应该早点去她的客舱，但我被耽搁了。"

奈杰尔认为不能从尼基身上提取到更多的东西了，于是让他去叫彼得。迄今为止，已经有一段时间了，奈杰尔已经知道了凶手是谁，以及大量关于谋杀的情况，只有一个模式符合所有的细节。最近讯问中所得到的信息都没有打乱这一模式，还剩下彼得没有讯问。很明显，奈杰尔不愿与这个年轻人打交道，他有一种预感，觉得彼得的证据将是至关重要的，还有一种隐隐约约的恐惧，害怕彼得的证据可能会炸毁他对犯罪的全部推测；而且，他发现与彼得打交道令人厌烦，要应付一个半男孩半男人的人，一个集成年男性的封闭思维与童年的不负责任和不可预测性于一身的人。

奈杰尔疲倦地叹了口气，因为他现在已经很累了。于是，他出了舱门走到甲板上，吹吹海风，振奋一下精神。大陆的海岸线正好看得见，就在前面的远方，再过两到三个小时，蒙纳罗斯号就会靠岸。解开谜团，用十四个小时交出凶手将成为一个壮举，但奈杰尔对这个想法并不满意。

带着咸味的海风在奈杰尔耳边嗡嗡作响。从无线电通信员的船舱里传来的轻击声和噼啪声提醒他，这一切都取决于来自卡林诺斯岛的信息，信息正在那里等他。烟从一个烟囱里冒了出来，在船的白色尾流上倒流回来。太阳快到子午线了，当阳光从起伏的波浪和驾驶台甲板的黄铜配件上弹射下来时，亮得会刺人的眼睛。

彼得的头映入了奈杰尔的眼帘，他从救生艇甲板爬上梯子，尼基跟在他后面。

12

"你抽烟吗？"

"谢谢。我没有受过训练。"彼得点燃奈杰尔递上的香烟时，手在发抖。

"我已经尽我所能地进行了侦查，现在只是把一些零碎的东西放进去的问题。"

"你是说，你要逮捕一个人？"

"我想是的。"

"因为杀了那个卑鄙的女人？"

"还有一个孩子也被杀了。"

"哦，我知道。我不是在宽恕这个人。"

一阵恼怒使奈杰尔发抖。这个幼稚自负的年轻人是该宽恕还是不该宽恕？"你想安布罗斯小姐死，你以为你得到了想要的。好吧，为什么还要继续对她怀恨在心？"

"你是不是让我来这里发表一篇道德演讲？"

"不是，我问你，是因为我必须了解，你在卡林诺斯岛看到了什么让你大吃一惊？"

"我已经告诉过你，这与本案无关。"

"彼得，你在保护谁？是费思吗？"

"费思！上帝啊，不！"彼得说得太快了，好像意识到说漏了嘴之后，他继续愤怒地说，"我麻烦你不要把我妹妹的名字扯进来。"

奈杰尔叹了口气："我想把你当作一个通情达理的人，但是像爱德华时代情节剧里体型修长优美的被误解的英雄一样说话，我们将毫无进展。"

彼得的脸红了，他对嘲笑仍然敏感。

奈杰尔接着说道："有两个人告诉我，你昨天下午的情况似乎很糟糕。他们是查尔默斯先生和布莱登夫人，如果你允许提她名字的话。"

彼得又气得脸红了，然后，他意识到奈杰尔最后那句话伴随着友好的微笑，他自己也试着笑了笑。

奈杰尔说道："我不需要读心术就能知道你对梅丽莎的感觉。顺便说一句，她好多了。我刚才看见她了，或者我猜她就是你试图保护的人。为此，我很佩服你，但我认为你的方法不对。"

"也许我是这个问题最好的法官。"彼得的声音还是那么僵硬。

"哦，天哪，不，你不是。恋爱中的男人是最看不透的。"

彼得显然对奈杰尔给他的身份感到宽慰："但是，你知道，这只是我误解的东西。"

"我的意思是，你保护梅丽莎的方式不对，如果你有证据。你肯定不希望雅典警方开始盘问她这个问题吧？"

"上帝，不！但他们不必——"

"对不起，要么你告诉我这是怎么回事，要么我就得告诉他们，这是他们必须调查的问题。"

就这样，彼得终于提供了他的叙述。昨天下午他一直在岛上游荡，寻找梅丽莎，他在两个主要海滩浴场找过，都没有找到，然后返回了港口。但是，在海滨的任何地方都没看见梅丽莎，于是，他漫无目的地走上了一条崎岖不平的路，向西走去。转过一个拐角，他看到了查尔默斯夫妇和普里姆罗斯在前面，和他走的是同一个方向。他不想和他们结伴而行，于是爬上了右边的山坡。不久，他就发现站在山肩上，可以俯瞰到一个狭窄的小海湾。在这个小海湾的西侧，他突然发现了两个人，其中一个戴着黄色浴帽，正是梅丽莎，但是，像往常一样，该死的兰瑟和她在一起。

"你确定是兰瑟吗？"

"嗯，我只是觉得看起来像是。她们距离我有相当一段距离——我想在我下面几百码的地方。反正错不了，是个女人。"

"那后来呢？"

"嗯，我想我该走了，但后来却改变了主意。"彼得看起来满面羞愧，他不敢直视奈杰尔的眼睛。

"你待在了原地？"

"事实上，我走得更近了一点。我是说，在爬上山准备离开的时候，我改变了主意。"

"你想至少感觉离她近些吗？"

"是的，就是这样，"彼得感激地说，"我想我在她面前就是个大傻瓜，可是——"

"我理解。"奈杰尔认为自己理解得太好了，彼得本来是希望看梅丽莎晒太阳的，但可能看到了她赤裸着身体。

"我觉得靠近她们会很有趣，我想看看自己能靠多近，同时不被发现。我绕道而行，花了很长时间，因为我非常小心，不能让她们听见我的动静。山坡上有那么多松动的石头，随时都可能滑落。好吧，然后我到了从另一个角度可以看到她们的地方。"说到这儿，彼得的脸上出现了一种非常奇怪的表情：很像孩子快要生病的时候脸上出现的那种内省的、平静的表情。

"你看到了什么？"奈杰尔提示道。

"哦，太可笑了。兰瑟的头落在石头上了，我想她肯定是死了。但后来梅丽莎在舞会上告诉我其实只是昏厥或中暑之类的。"

"喂，喂！让我们把这个捋一捋。抽支烟吧。"

彼得像小马驹一样发抖。奈杰尔平静的声音让他柔和、克制起来，在奈杰尔问题的帮助下，彼得证据的要点如下——

彼得曾在海边见过这两姐妹。他在距离她们大约有一百码远的上方和旁边。兰瑟四肢伸开躺在一块平坦的岩石上,岩石的一半隐没在海水里,彼得依据她穿的深色裙子和套头衫认出了她。梅丽莎,除了黄色的浴帽外,全身赤裸,俯身向着兰瑟,似乎在对她的脖子做着什么。兰瑟抬起了头,但被梅丽莎摔到了岩石上。这个动作被彼得尽收眼底,把他吓坏了。他拔腿就跑,再次爬到了山坡上,一次也没回头。这件事深深地折磨着他,以致后来他在舞会上脱口而出,把所看到的一切告诉了梅丽莎。她的解释让他彻底打消了顾虑。她当时在日光浴,睡着了,醒来以后,发现兰瑟好像昏倒了,瘫在彼得看到的岩石上。她试图把妹妹挪进一片阴影,还往兰瑟脸上泼水,然后,她觉得在这种情况下,应该"解开病人的衣服",于是她试图摘下兰瑟戴着的一条很紧的围颈带。为了解开这个结,她不得不把兰瑟的头抱起来,当取下围颈带时,兰瑟的头从她手中滑落,摔到了岩石上。

"但是,为什么这一切会让你受到刺激?"

"老实说,我一直觉得安布罗斯小姐死了。"彼得缓慢而痛苦地回答。

"你认为是梅丽莎杀了她,"奈杰尔直勾勾地盯着彼得,自言自语道,"但是,假设以你所看到的为依据,这不是一个很奇怪的解释吗?你到底看到了什么,才得出她死了的结论呢?"

"老实说,我一点儿也不迷糊。我同意你的看法,这很荒谬——"

"那我就告诉你吧。是愿望孕育了这个想法。你曾经想要她死,你太恨她了,因为你相信她对费思所做的一切,所以你希望她死。所以,当你看到她无意识地躺在那里时,你下意识地做出了她已经死亡的假设。"

"你认为这就是原因吗？"彼得可怜巴巴地问道，"好吧，我想你是对的。"

"可能是，也可能不是。你第一次和第二次看见小海湾里的姐妹，两次之间相隔多长时间？"

"我说不清楚。老实说，我有点忘了时间。"

"是几小时以后，还是几分钟以后？"

"我猜是二十分钟或半小时吧。我已经回到山上，在那里还坐了一会儿，然后我绕道而行，走得很慢。"

奈杰尔觉得彼得对这些事件发生的时间同样没有帮助，他不大记得自己是怎么回到港口的，但幸运的是，查尔默斯先生和梅丽莎的证据准确地确定了时间，也很合理。奈杰尔问道："你知道梅丽莎随身携带柳条箱，你注意到柳条箱在岩石上吗？"

"是的，现在你一提，我想起来了。"

"你后来带着怀疑的态度抨击她，她一定大吃一惊吧？"

"哦，她太棒了。她没有生气，也没有嘲笑我，只是听我说，听得很认真。当然，我并没有泄露出去，我真正想要的是——"彼得的话突然中断了。

"你当时到底是怎么想的？是她杀死了自己的妹妹吗？"奈杰尔诱导道。

"我希望你不要强加于我。"彼得答道，声音很疲惫，但是没生气。接下来，他扫了一眼奈杰尔，大声叫道，"我的天啊，你竟然认为是她干的！任何认识梅丽莎的人都会知道不可能。再说，她妹妹——昨晚才失踪。"

奈杰尔对他的这次爆发没有发表评论。相反，他问彼得，在回港口的路上，他是否看到了其他乘客。为了避免碰到任何人，彼得是沿着山坡回来的，并没有走那条小路。他说，在到达城郊之前，他没有见过任何人。在一个地方，他路过一间破败的小屋，注意到外面的地上有一只背包和两本书，但没看到书的主人。

"你看过书了吗？"

"实际上，我只是瞥了一眼。两本书都是打开的。"

"什么书？"

"哦，一本是希腊文本——荷马。另一本看起来像是评论什么的，那是一本新书。有人在死啃他们的经典作品。我说什么来着？"

奈杰尔兴奋得两眼发亮："当然，我早该猜到的。我想你没认出那只背包吧？"

"不……在我看来，它跟我的很像。"

"可能是斯特里特先生的吗？"

"我想有可能。"

"好吧，回到你自己的奥德赛，当到达港口时，你并没有马上回到船上？"

"没有。"

"那时你们看到很多乘客已经上船了。你觉得他们中有看起来心神不宁、行为古怪的人吗？"

"没有，可我也没有太注意。"

"安布罗斯小姐看上去是病了，还是已经好了？"

"我没看见她。"

"那你看见谁了？"

"哦，查尔默斯一家、杰里米·斯特里特、索尔韦主教夫妇。还有很多我叫不出名字的人。"

"本廷克－琼斯？"

"我不记得他了。"

"尼基？"

"是的，他在那儿。"

奈杰尔不置可否地盯着彼得："你自己为什么差点错过那艘船？"

"你还猜不出来吗？"

"你在等梅丽莎？"

"是的，我只是想确认她是不是没事儿。"

"她没事儿吗？"

"嗯，当然。哦，你是说她的脚踝？是的，她一瘸一拐地走着。所以，我才能为她做点什么，比如扶她上小船，诸如此类的。"说到这儿，彼得的眼睛里浮现出梦幻般的神情。

"不过，你当时并没有跟她说你看到了什么吧？"

"哦，没有，她很痛苦。其中一个船夫可能懂一点儿英语，实际上，她好像也不想说话。"

"彼得，我非常感谢你。"奈杰尔端详着彼得的脸，这张脸瘦削、稍微晒黑了些，还没有成形，他现在闷闷不乐，不再有戒心了。此时此刻，他与费思的相似之处非常明显，兄妹俩也有某种共同点，狂野、鲁莽的性格。彼得的这种性格被学校和班级的传统所覆盖，而费思的性格也被学校和班级的传统所覆盖，却没有被掩盖。费思为了她想要的东西竭尽全力，她几乎不受约束，也没有感到良心不安。而彼得的理想主义，虽然可能是合成的，但会迫使人采用更狡猾的方法，他很可能也跟妹妹以及大量同龄人一样冷酷无情，以自我为中心，野心勃勃，但他会为不道德行为伪造道德制裁。奈杰尔判断，他的性格比费思还要脆弱，某种伤害可能会给他造成终身伤害。想到这里，奈杰尔对彼得说："我恐怕，你不久可能会遭受相当严重的打击，不要因此让你失去信心，对——"

这时，尼基突然走了进来，打断了奈杰尔的话。奈杰尔还没来得及阻止他，他就脱口而出："他们找到了她的尸体！从卡林诺斯岛传来的消息。在海边，靠近——"

"尼基！闭嘴！我们有客人。"

但是彼得目瞪口呆地盯着尼基，他的嘴唇变得惨白，用冷漠无情的声音问道："谁的尸体？"

"当然是安布罗斯小姐的，一定是从海上被冲上岸的。他们说，她后脑勺有伤。"

"看在上帝的分上，你闭嘴好吗？！"奈杰尔愤怒地喊道。

彼得的鼻孔像被捏住了一样，他把那绺遮住眼睛的头发甩了回去，眼睛里全是痛苦和恐惧，然后说："好吧，你赢了，是我杀了她。"

第五章

解 说

1

半小时后,也就是中午过后不久,大副的座舱里出现了四个人。费思坐在床上,啃着指甲,一次次地偷瞄着杰里米。杰里米站在那里看着窗外。尼基手拿一沓纸,拖着脚步走着。本廷克-琼斯靠在费思附近的墙上,偶尔对女孩说一句话,但对方几乎懒得回答他。

杰里米问尼基:"斯特雷奇威先生到底要我们来干什么?"

"你想的和我想的一样,斯特里特先生。"

"他至少应该有礼貌,不能让我们久等。"

本廷克-琼斯说:"他一直表现得像上帝一样全能。"

杰里米脸上带着傲慢的微笑,插话道:"他以一种神秘的方式犯下愚蠢的错误。啊,他来了。还有布莱登夫人。"

门开了,外面全副武装的水手行了个礼,只见奈杰尔扶着一瘸一拐的梅丽莎走进了船舱。

本廷克-琼斯连忙让出了一把扶手椅。梅丽莎歪着头,尴尬地坐了下来，头的侧面在印度头巾里显得很有趣。这四个人带着一种不安的中立态度望着她、奈杰尔和彼此，那样子就像聚会开始时的孩子们。

奈杰尔说："我邀请你们来这里，是因为你们每个人都以这样或者那样的方式牵扯进了两场谋杀之中。"

突然，费思用尖细的声音叫道："彼得在哪儿？为什么他不在这儿？"

"彼得已被秘密逮捕，他已供认了罪行。"

于是，舱内陷入了一片死寂，空气里充满了怀疑和震惊。然后，费思的脸变白了，雀斑像旧的黄色瘀伤一样出现,她喊道："这是谎言！我不相信你！你从来没有告诉过我——"

奈杰尔打断她："他写了一份供词。"说着，他从口袋里拿出一张纸，并把它递给费思，但费思连看都不看一眼，就把它恶狠狠地撕成了碎片。

本廷克-琼斯说："来，镇定些，年轻的女士！"

奈杰尔冷静地说："她说得很对，招供毫无价值。"

费思惊讶地盯着他看："那么，你为什么逮捕他？"

"为了他自身的安全，有两个人对他构成了危险。"

杰里米敏锐地瞥了奈杰尔一眼："你是说，有两个杀人凶手？"

"不，彼得正处于杀人和自杀的危险之中。他相信自己知道凶手是谁，一个他爱的人，正如他们所说，并不明智，但是太好了。"

费思惊恐地盯着奈杰尔，声音却很小地问："我？"

"以他目前的精神状态，他想要保护这个人，甚至可能会自杀，以证实自己的供词。"

费思严厉地喊道:"那么,他就是个傻瓜!我告诉他,我再也不在乎安布罗斯小姐所做的事。"说着,她看向梅丽莎,问:"你为什么不说点什么?"

梅丽莎一只手托着下巴坐在桌旁,无助地耸了耸肩:"我们说的不是两码事吗?斯特雷奇威先生并没有说你哥哥想要保护的是你。"

"的确如此。但是彼得知道得也太多了,这很难让凶手心平气和。这就是我把彼得监禁起来的另一个原因。"

杰里米不耐烦地打断奈杰尔:"你能不再打哑谜,直接开门见山,好吗?还有,你怎么知道彼得的供词毫无价值?"

费思像古希腊的复仇女神一样怒吼道:"你,你——哦,我多么鄙视你!"

"我来告诉你要点,你可以自己判断。彼得说他昨天下午看到安布罗斯小姐和姐姐在小海湾里洗澡,因为他当时在上面的山坡上。不久,安布罗斯小姐独自一人返回海港。这时,彼得跑下山坡,拦住了她。这只是二人独处的第二次机会,因为安布罗斯小姐几乎总是和姐姐形影不离。顺便说一句,彼得第一次与安布罗斯小姐独处是在得洛斯岛,有人听到他在威胁对方。"

"威胁兰瑟?"梅丽莎惊讶地低声问道。

"是的,这与彼得之前告诉我的非常不同。他说自己在小路上拦住了兰瑟,两人发生了激烈的争吵。兰瑟再次否认了所有关于她在学校虐待费思的指控,我现在不想谈这些了。关于彼得以及他对布莱登夫人的感情，兰瑟说了一些完全不能让人接受的、表示轻蔑的话。"

听到这里，梅丽莎深深地叹了一口气。

"彼得在他的供词中写道，正是这个后来证实了是压垮骆驼的最后一根稻草。后来，那天晚上，当他离开休息室给费思拿东西时，看到兰瑟沿着长廊甲板向前走。他尾随对方走上前甲板，一拳把她打昏后，将她扔到了海里。然后，他注意到普里姆罗斯正在阴影中看着他，他更加失去理智，于是勒死了孩子，把尸体扔进了游泳池。他说，做这件事只花了几分钟，然后赶快到客舱里去拿费思的披肩，回到前面的休息室。整个事情，每个节点都有漏洞。"奈杰尔总结道。

"我不太明白。"杰里米评论说。

费思则猛烈地攻击了杰里米："你会明白的！就好像普里姆罗斯会站着眼睁睁地看着一样，而彼得——"

"确实如此。但最能说明问题的是，彼得被指控谋杀犯罪的时间和地点。他应该在岛上，在和安布罗斯小姐吵架时杀了对方，对方说的话使他动了杀机，如果当时他没有痛下杀手，那么，为什么还要在晚些时候动手呢？想必那时他已经冷静下来了。"

"好吧，你来告诉我们。"本廷克-琼斯令人不快地插话道。

奈杰尔环视了一下舱内，说："我会的。"这时，费思坐在床上，双腿在下面蜷曲着，绿色的眼睛正目不转睛地看着奈杰尔，闪烁着亢奋的光芒。杰里米靠在她右边的舱壁上，他那皇家蓝亚麻长裤口袋里的硬币在叮当作响，在演讲后被一些过分热情的听众压制的不耐烦现在几乎再也掩饰不住了。尼基靠在对面的墙上，困惑、沉默、警惕性很高,他那表情丰富的面孔随着对话的转换而变化,俨然一个演员。梅丽莎面向奈杰尔侧身而坐,面无表情,一只胳膊肘搭在桌子上,手托下巴,美丽的头微微垂下,一种宿命般的感觉笼罩着她。费思在床的一头,本廷克-琼斯"扑通"一声倒在床的另一端,他的双臂抱着膝盖,看着奈杰尔,好像一个准备用大赌注吓退对手或者要对手摊牌的扑克玩家。

奈杰尔背对着门,目光在他们身上逐一扫了一遍,说:"我当然会的。彼得孤注一掷地招供,他全部目的就是试图把我的注意力从真相上转移,而真相则是,安布罗斯小姐不是在这艘船上被谋杀的。"

一阵让人困惑的沉默之后,他们不约而同地爆发了:"可这是不可能的!""不是在船上!我不明白。""你一定是疯了,斯特雷奇威先生。""那么,她是什么时候被谋杀的?"

梅丽莎也发话了,她说:"但是,当你告诉我的时候,我想——"

奈杰尔若有所思地看着她,问道:"什么,布莱登夫人?"

"嗯,兰瑟的尸体被冲上岸了。"

"这正是凶手想让我们认为的。"奈杰尔现在转向其余四个人说道,"在我们来到这里之前,我刚刚告诉布莱登夫人在卡林诺斯岛上发现了一具女性尸体。服装与整体外观与我们向卡林诺斯当局所描述的安布罗斯小姐相符。尸体被楔入她和姐姐昨天下午待过的那个小海湾的一块岩石下。她的后脑勺有一处伤口。很抱歉,布莱登夫人,我得再重复一遍。"

梅丽莎把脸埋在手里。

"在我看来，就你而言，你的一系列行为是不可饶恕的，"杰里米抬起头，几乎在嘶叫，"我无法设想你这么做的目的是什么——"

"到时候你就会想出来的。"本廷克-琼斯身体前倾，脸上的表情既小心翼翼又厚颜无耻，"这位伟大的侦探又是怎么知道尸体不是从海里冲上岸的呢？"

"首先，她直到晚上 9 点 15 分左右才消失。船是 6 点离开的卡林诺斯岛，到了 9 点 15 分，我们离岛大约 60 英里。被溺毙的尸体在几天内不会再次浮出水面。船长告诉我，从昨天晚上 9 点 15 分到今天上午 11 点 35 分，也就是我们发布安布罗斯小姐失踪的通知，以及她的尸体被发现的这段时间，风和水流几乎不可能会把一个沉入水中的物体推送到 60 英里以外的地方。"

"哦，几乎不可能？"本廷克-琼斯说着，环顾四周，好像他得了一分似的，等着其他人鼓掌。

梅丽莎茫然地用手捂着额头："我很笨，昨晚不是很好，但我不明白她怎么会在其他地方被杀？我是说，她在船上，你自己也说过，直到 9 点 15 分。"

"有那么一会儿，有一个女人在演讲的会场被误以为是你妹妹，但那里光线很暗，可能是认错了人，而且人可以冒充别人。尼基已经询问了在乘客重新登船时收登陆卡的军需官，他看了出示给他的安布罗斯小姐的护照照片，但不记得对方回到了船上。"

"他很可能错过了她，"杰里米抗议道，"你查过归还的登陆卡数量了吗？"

"当然查了。归还的数字与早上发放的数字一样。"

"那么好吧。"

"谋杀安布罗斯小姐的人一定交了两张卡,一张粘在另一张上,因此军需官认为他得到的是一张。"

本廷克-琼斯冷笑着问道:"你有证据吗?"

"没有。"

杰里米又抬起头来:"那你就是在浪费我们的时间,用你那些怪诞的推测!"

奈杰尔目不转睛地看着杰里米,说:"我同意,如果杀人犯坦白,就会节省时间。"他又补充道:"假设凶手就在这个船舱里。"

其他人还没来得及开口,梅丽莎就转过头来,脸上出现了歪着嘴的微笑,或者说是一个幽灵的微笑:"我真希望你知道自己在说什么,斯特雷奇威先生。但是,你忘了我在演讲前见过兰瑟吗?晚饭后我给她带了些水果。我很确定是她,不是别人冒充的。"

"我们只是听你说她在船舱里。"

梅丽莎那熟悉的笑声像泡泡一样冒了出来:"但是,我亲爱的斯特雷奇威先生,如果她不在那儿,我为什么要说她在那儿呢?"

"如果后来是你在讲座上扮演了兰瑟的话,那你就不得不这么说。"

听了这话,梅丽莎环顾四周,看着其他人,做了一个激动无助的手势:"我一定是在做梦。这完全是疯了。"

"说到底,"奈杰尔接着说,"冒充你妹妹,谁能像你一样成功呢?"

尼基喊道:"先生,她们之间根本没有相似之处。你怎么能这么想呢？一个美丽的尤物，一个名副其实的稚虫，还有——"

"马辛格小姐是一位雕塑家。她第一次见到布莱登夫人姐妹，就评论说她们的骨骼结构、身材等非常相像。我们谁也没见过没有化过妆的布莱登夫人。而索尔韦主教告诉过我，这姐妹俩小时候非常相像。"

梅丽莎用拳头轻轻地打在桌子上："对我来说，整个对话好像都是不真实的。我不明白我为什么要继续迁就你的奇思妙想，斯特雷奇威先生。"

"你完全可以自由地离开。"奈杰尔回答道。

梅丽莎耸耸肩，然后用低沉沙哑的声音，带着几乎算得上欢快的情绪说道："不，我想我会留下来的。我忍不住，还是想知道这种胡说八道最终能得出什么结论。"

不知她是否知道，她其实还道出了其他人的心里话：好像奈杰尔向他们展示了一个充满悖论和不真实的奇妙蚕茧，他们还必须等着，看他剥茧抽丝以后会出现什么。

"斯特雷奇威先生，你似乎在暗示，是我谋杀了我的妹妹。"

奈杰尔什么也没说，只是看着她转过头来。

"你是说，"梅丽莎不依不饶地接着说，"很明显，有人冒充她。而根据你的推测，不言而喻，不论冒充她的人是谁，这个人就是凶手。"

"不，这不是'不言而喻'。让我们假设是你冒充她，是为了保护别人，给那个凶手一个不在场证明。"

"那么，我一直在保护的凶手是谁呢？"梅丽莎以幽默、轻快、冷静的语气问道，就好像一个护士在迁就一个疯子。

"哦,我能做到,"本廷克 – 琼斯插话说,"如果我们把它当作一个猜谜游戏来玩,答案就是我们尊敬的学者杰里米·斯特里特先生。"

"你到底是什么意思?"杰里米喊道。

"安布罗斯小姐本应自杀或被谋杀的时候,你是我们当中唯一一个有完美不在场证明的人。你在讲课。"本廷克 – 琼斯笑着说道。

杰里米轻蔑地抽了一下鼻子:"这就变得相当滑稽了。你似乎把那个可怜的孩子彻底撇下了。你大约想要告诉我们普里姆罗斯和安布罗斯小姐都是在小岛上被杀的吧?"

奈杰尔说:"我待会儿再来说她。斯特里特先生,你告诉我的,当昨天下午再次上岸以后,你所有时间都在港口西面的山坡上看书。你从来没有挪过窝儿?"

"就是这样。"

"彼得在那里找到了你的书和背包,但是却没有看见你的人。所以说你确实挪过窝儿。"

杰里米摇摇头,像一匹被苍蝇折磨的马:"哦,我敢说我确实起来过一两分钟伸伸腿。"

"而且你读的并不是侦探小说。"

"我看不出我的私人阅读跟你有什么关系。"

"这是怎么回事?"费思发问,她在看杰里米的笑话,带着好奇和一种不可告人的、幸灾乐祸的心情。

"简而言之,"奈杰尔说,"斯特里特先生有杀死兰瑟的强烈动机。从他坐的地方,可以看到走在小路上的人。根据布莱登夫人的陈述,兰瑟独自一人回到了海港，时间大约是在 4 点 45 分。杰里米完全可以跑下山拦截她，击打她，并将尸体扔进海里。尸体可能后来被冲到了被发现的地方。你有什么意见吗，斯特里特先生？"

"人们不会评论一堆谎言，比如——"

"谎言？你为什么告诉我你在读侦探小说？还有你从来没有动过窝儿？"

"我没有杀安布罗斯小姐。"杰里米的声音有点高。

"我知道你没有。你不是那种一时冲动就杀人的人，你不可能事先知道昨天下午自己会有这个机会。我认为你对安布罗斯小姐另有计划。"

"这是恶毒的胡说八道。"

"和你在山坡上读的东西有关。"

杰里米愤怒地看了奈杰尔一眼，朝门口走去。外面全副武装的水手拦住了他，但看到奈杰尔的一个手势，就放行了。

对于杰里米逃避的原因，奈杰尔没有多少疑惑。昨天早些时候，费思拒绝了这个人的求婚。这对他的虚荣心是一个打击，再加上本廷克－琼斯又企图勒索他，使他下定了决心，让他自己回到兰瑟身上，兰瑟才是他麻烦的根源。这一次，杰里米会确保兰瑟不会在演讲中羞辱自己，比这更重要的是，他可能会扭转乾坤，反败为胜。毫无疑问，他一直在死啃文本，参考彼得看到的那个新评论，目的是：如果兰瑟在演讲中攻击自己的话，就设下一个圈套，把兰瑟套进去。一个训练有素的演讲者几乎总能让人觉得听众中的提问者看起来很愚蠢。当众羞辱兰瑟这件事本身将是一个巨大的满足：既可以证明自己的学术研究与兰瑟不同，也会重新确立他在特鲁博迪先生心目中的地位，因为他需要对方的财政支持。当然，整个计划是幼稚的、琐碎的、不体面的，但只有像杰里米这样虚荣的、爱出风头的人会觉得这很吸引人，所以他不愿意暴露出来。因此，当奈杰尔第一次问杰里米在读什么的时候，杰里米感到不安，所以谎称自己在读侦探小说。至于他说自己根本没动过窝儿，很可能真的忘了。

奈杰尔不想让杰里米进一步蒙羞，于是撇开费思非常热衷的一个问题，说道："斯特里特与梅丽莎之间没有联系，因此没有理由冒充妹妹来保护他。"

梅丽莎疲倦地叹了口气："我真希望你能忘掉这个想法。"

"你必须再容忍我一会儿。"奈杰尔含蓄地看了她一眼，然后对其他人说道，就好像她不在那里似的，"理论上，这是由布莱登夫人扮演的，也可能是一个自愿的从犯或者一个不情愿的人。这让我们想到了你，尼基。"

尼基正在剔牙，听到奈杰尔的话，开始抽搐起来，并扔掉了牙签，向奈杰尔走了两步："我？你疯了吗？"

"你昨天下午的不在场证明——"

"别紧张，斯特雷奇威先生，别紧张！那是机密。你知道？最高机密。"

"和你在一起的人会确认你的不在场证明吗？我怎么知道这不是你们两个预谋好的呢？"

"可是，我说，我以为你相信我了！"

"可雅典警方会相信你吗？这对你来说可能会很糟糕。据说你私下里告诉过梅丽莎有一个特别的浴场，并没有告诉其他乘客。这听起来像是一个幽会，不是吗？你还去赴约了，我和马辛格小姐都看见你偷偷摸摸、鬼鬼祟祟地溜了过去。但是，当你到达时，你发现安布罗斯小姐也在那里。你们之间发生了一场争吵，安布罗斯小姐侮辱了你。你大发雷霆，就打了她，可能出手有点重，以至于你不得不处理尸体，把它塞在岩石下面，所以安布罗斯小姐很可能就是在发现尸体的地方被谋杀的。然后你和梅丽莎做了一个计划，制造一种她妹妹在船上被杀或自杀的假象。在登陆卡上做手脚，你比任何人都更方便。你与梅丽莎通奸——"

"求你了！"梅丽莎抬起头，带着厌恶的表情，"我发现这绝对不雅。"

"你完全可以自由地离开。"这是奈杰尔第二次这样说了。

"你是在诱导大家认为，因为对这个人的依恋，我成了谋杀我妹妹的同谋？"

本廷克-琼斯恶狠狠地笑了一声，说："乐趣来得又快又猛。"

尼基喊道："住嘴，你这该死的、卑鄙的家伙！"

奈杰尔冷静地说："这条线可能是警方的工作线。"

"可你知道这不是真的。"梅丽莎低声说道。

奈杰尔转向其他人："我们一定都注意到了，一直以来，布莱登夫人对妹妹是多么细心，多么关心，却允许她在中暑以后独自走回港口,这可就奇怪了。"

"我确实向你解释过,"梅丽莎说,"你不知道可怜的兰瑟有多固执。"

"我必须承认,"奈杰尔说道,"我看不出为什么布莱登夫人愿意与杀害妹妹的凶手合作。"

"不是为了一个她爱上的男人?"本廷克-琼斯愤怒地问道,"这两个人在公开场合就——"

"我们知道你是人类行为的热心学生,"奈杰尔提高了声音,来平息本廷克-琼斯的话所引发的情绪,"而且我们也知道原因。如果布莱登夫人是个不情愿的从犯,我们要寻找凶手就不必舍近求远了。"

"侵犯名誉权是可以起诉的。这一次,你所说的都有目击者,你要小心点儿。"

"好吧,我来说,我可一点儿都不在乎。"费思对本廷克-琼斯喊道,"你试图勒索杰里米。你是个勒索者,你这个胖乎乎的小爬虫。你敲诈布莱登夫人冒充她妹妹。"

奈杰尔目不转睛地盯着本廷克-琼斯,问道:"你有什么评论吗?"
"我的律师将做出所有必要的评论。"
"如果我是你,我真的不会诉诸法律。布莱登夫人,这个人有没有抓住你的把柄?"

"没有。我一直告诉你,你有一个荒谬的误解,既荒谬又疯狂。"
"请问你是个睡觉很沉的人吗?"
"我真的不理解——是的,我倒情愿睡得很沉。"

"你告诉过我,说你昨天下午在小海湾睡了一会儿。你醒来以后,发现你妹妹看起来病了。你确定她当时还活着?"

"她当然还活着。"梅丽莎的眼睛睁得大大的,"哦,你认为本廷克－琼斯先生可能在我睡着的时候杀了兰瑟?他爬上来,从后面把她打昏,而她都没来得及喊出声,叫醒我?"

"彼得告诉我,他在山坡上看到过你们两个,并且认为你妹妹已经死了。"

"哦,我知道。傻孩子。我在舞会上向他解释了。兰瑟昏倒了,我笨手笨脚地把她的头放回岩石上。但撞得不重,没有伤口。我明白了,你想知道这是否是一次意外,我失去了理智,所以撒谎。"到现在为止,梅丽莎说话的速度都很缓慢,几乎算得上是拖拖拉拉的,好像她仍然精疲力竭,最后几句话是匆忙带出来的。

"真遗憾,"奈杰尔说道,"因为,据我所知,本廷克－琼斯有谋杀普里姆罗斯的强烈动机。"

本廷克－琼斯问道:"哦,现在轮到普里姆罗斯了,是吗?"

"是的,如果本案有一件事是清楚的,那就是,凶手相信普里姆罗斯是谋杀案的目击人。"

"可是,你说过这不是在船上干的。"尼基结结巴巴地说道。

"不是的。当安布罗斯小姐在小海湾里晒日光浴时,普里姆罗斯正在监视她,还把所看到的一切都记在了笔记本上。当普里姆罗斯的尸体被发现时,笔记本既不在她经常保存的毛皮袋里,也不在她的客舱里。后来,本廷克－琼斯向我承认,是他偷了笔记本。他说是从尸体上取下的,墨水已经化开了,字迹无法辨认。只有最后一条是用铅笔写的,字迹清晰。"

"但我告诉过你,"本廷克-琼斯擦着额头的汗,插话道,"我告诉过你,她写了什么,这与安布罗斯小姐被杀无关。"

"你是在高压之下告诉我的。但我怎么能知道你告诉我的是不是真相呢?你承认拿走了笔记本,让我们以为是你把它从孩子的尸体上取下来的,非常聪明。但是,假设你从普里姆罗斯那里拿走的时候她还活着,发现她是你在岛上所做事情的目击证人,你拿到了笔记本,但信息还在孩子的脑子里,所以,你一不做二不休,让她永远沉默了。当然,当我上午问你她写的内容时,你也许会编造一个假版本。"

梅丽莎背对着本廷克-琼斯,头也没回地说道:"也许本廷克-琼斯先生现在会告诉我们,这个孩子到底写了什么。"她的脸和声音一样冷酷无情。

"你这个该死的两面派!"本廷克-琼斯咕哝着,弓着腰,怒视着奈杰尔。

"为什么有人除了隐瞒证据,还要谋杀孩子?除了你,还有谁知道这个证据在她的笔记本里?你钱拿够了,不是吗?"

"别忘了!"费思激动地插嘴道,"我昨晚看见他跟在普里姆罗斯后面去了游泳池。"

"另一个目击者看到普里姆罗斯,就在前面,跟一个女人去的是同一个方向,证人以为那是兰瑟。我得再问问你,布莱登夫人,这个人有没有控制你,强迫你冒充你妹妹?"

梅丽莎用手懒洋洋抚摸着额头,说:"我必须再次告诉你,他没有。"

"很好,"奈杰尔顿了顿,然后说道,"我们会放弃你被迫与人串通的想法,但我担心这样带来的可能性会更没有吸引力。让我们暂时假设不是本廷克-琼斯杀死了安布罗斯小姐,他对普里姆罗斯笔记本上的内容描述也是真的。"奈杰尔走到门口,环视了一下客舱里的四个人,然后从口袋里拿出一张纸。

梅丽莎半转过身,面朝奈杰尔站的方向,用悠长、赤裸裸的、富有挑战性的眼神盯着他的眼睛,可能是一种性挑衅。

另外三个人意识到紧张情绪加剧了,尽管他们被奈杰尔快速的转向弄得迷惑不解。座舱温暖却令人不快:费思的额头上,金发发根的汗珠让她感到刺痒;本廷克-琼斯也在擦脸;尼基黝黑的皮肤闪闪发光,像磨光的木头。他们三人都看着大海,就像漂流在一艘敞口小船上的幸存者,船上没有帆,也没有桨,到何处去?他们不知道,也不关心。

奈杰尔打开那张纸:"这就是普里姆罗斯看到的,一个柳条箱从岩石下漂了出来,然后出现了一个游泳者,那人用手臂把柳条箱拉了回来。"他顿了顿。沉默持续了很久。三对缺乏光泽的眼睛茫然地看着奈杰尔。

"那又怎样?"费思最后说。

梅丽莎说:"你是说?这就是她所看到的一切吗?"

"绝对是。"

梅丽莎以一种奇怪的僵硬姿势坐着,然后她愤怒地颤抖着,说道:

"那么,这有什么可大惊小怪的?"

"普里姆罗斯认为她看到的那个游泳的人是兰瑟。她说,那个游泳的人有一颗黑色的头,看起来像只海豹,没有戴浴帽,而布莱登夫人总是戴一顶黄色的游泳帽。虽然兰瑟总是说她不会游泳,但普里姆罗斯认定那个人就是兰瑟,还相信自己已经抓住了她撒谎的证据。"说到这里,奈杰尔转向梅丽莎,说,"你从来没有告诉过我柳条箱漂走的事。"

梅丽莎声音有点尖刻地回答道:"一个人不可能什么都记得!"

"这是什么时候发生的?"

"就在她昏倒之前,我告诉过你,我试着把她弄到阴凉处。在这个过程中,我不小心把柳条箱从岩石上踢到了水里。"

"然后她晕倒了?"

"是的。"

"但是,你没有去救她,而是游出去捞回了柳条箱?"

"我找回柳条箱是为了让她苏醒过来。柳条箱里面有一瓶嗅盐。"梅丽莎耐心但尖刻地回答。

"我明白了。"

"我太匆忙了,没有戴浴帽,这下你放心了吧?"

奈杰尔又仔细看了看那张纸:"'普里姆罗斯几乎可以肯定那个游泳者就是兰瑟。她离开后,制订了一个计划来证实这一点。'这个计划就是她死亡的原因,我一会儿再谈。首先,让我还原一下小海湾谋杀案。"奈杰尔再一次向另外三个人讲话,就好像梅丽莎不在场似的。

"布莱登夫人用一块重重的石头打晕了兰瑟——"

但尼基抗议着打断了他的话:"喂!你疯了!在海滩上,那里有人可能见过她吗?"

"她们姐妹在那里待了一两个小时,这么长时间,足以让她发现这是一个人迹罕至的地方。唯一出现过的是查尔默斯一家,还很快就被兰瑟撑跑了,这给她姐姐带来了极大的便利。她们在水边,一边被一条小路挡住,小路的一侧是陡峭的悬崖和巨石。"

"但是任何从东边过来的人都可能看到他们,"尼基说道,"你绕过一个有点突出的山坡,沿着小路从海港下来,你就可能直视小海湾的对面——"

"尼基,你似乎很清楚。"

尼基生气地看了奈杰尔一眼,然后默默地躲了起来。

"事实是,在那条石头小路上,人们不可能无声地行走。你会在人们绕过悬崖之前就先听到脚步声。声音在希腊的空气中传播很远。正如我刚才所说,布莱登夫人把妹妹打晕了,然后把她拖进了水里,插进岩石的下面。一切在一分钟内就结束了。她不知道彼得当时正在山坡上看着呢。"

坐在桌子旁的梅丽莎似乎要说话,但最后她只耸了耸自己美丽的肩膀。

"彼得看见兰瑟四肢伸展着躺在水边的一块岩石上。他看见了梅丽莎全身赤裸,只戴了一顶游泳帽,她抬起妹妹的头,摔进岩石的一条裂缝里。布莱登夫人刚刚砸晕了她,可能是在确认她是否失去了知觉。彼得有印象，兰瑟差不多死了。这让他大为震惊，尽管他没有亲眼看到这种情况发生，但某种本能告诉他，布莱登夫人对兰瑟的死负有责任。彼得没有回头看一眼就跑了，因为他不忍心再多待一会儿，如果多待一会儿的话，他就会看到布莱登夫人将妹妹的尸体拉入水中，并将其塞到一块岩石下面，沿着这条小路走的人都看不到那儿。做这些时，她的泳帽掉了下来。当从水里出来时，她注意到自己的衣服和柳条箱落入了水中，柳条箱还漂走了。她不得不立即潜入水中，甚至没来得及再戴上泳帽，她要去追柳条箱，因为柳条箱不能丢，这是她计划的重要内容，柳条箱里有兰瑟的登陆卡。"

梅丽莎听到这些，眼神既困惑又不安，她看向奈杰尔，撞上了对方的目光："你不能说这些可怕的话，太可怕了。"

"在处理完尸体，找回柳条箱和湿衣服以后，布莱登夫人穿上浴袍，向小海湾的另一边走去，在那里她可以在阳光下晒衣服。大约一小时后，查尔默斯先生在那里发现了她。顺便说一句，他告诉我，布莱登夫人把游泳的东西和衣服都摊在岩石上晾干——对他来说，这是一个有趣的、无意识的假设，因为从上面的小路上几乎无法看出衣服是湿的。尽管查尔默斯先生提醒她说时间已经很晚了，布莱登夫人还是差一点儿没赶上那艘船。"

"我的脚踝受伤了，这才是我迟到的原因。"梅丽莎悲伤地说。

"布莱登夫人必须尽可能晚到。如果她最晚赶回船上，在最后一分钟，在喧闹和轰动中，很有可能她一到就可以把兰瑟和自己的登陆卡一起交给军需官。她成功了。现在有证据表明，兰瑟已经回到船上了。

这是最重要的；否则，如果计划的其余部分出了问题，就会被人发现事实上没有人看到兰瑟沿着小路往回走，回到蒙纳罗斯号上。"

奈杰尔现在肯定已经抓住了他的听众。他们好像觉得在转过几个死胡同之后，正被他领导着走上一条开阔的道路，就像陪审团回来宣判有罪一样，他们的目光从被告席上的那个女人身上移开。尼基正要抗议，但是超过他的能力范围太多了，他做不到。本廷克－琼斯放松了，用一种半是怀疑半是尊敬的表情盯着奈杰尔。一阵紧张把费思攫住了，她打哈欠，啃指甲，用手指梳理金发。至于梅丽莎本人，眼睛里日益加深的焦虑和身体紧张的姿势，显示出她的努力和紧张。

这时，驾驶台车钟叮当响了两下，急迫的声音突出了小屋里的戏剧性。蒙纳罗斯号的汽笛发出一声很大的轰鸣声，布莱登夫人退缩了。

费思紧张地笑着问："我们要有结论了吗？"

奈杰尔快速地回答："对，很快就有结论了。有人看见布莱登夫人一个人在吃饭，她告诉我们，她要带些水果去给客舱里的兰瑟，兰瑟感觉好多了，还要去听讲座。晚饭后，布莱登夫人在酒吧待了一会儿，然后离开去'为舞会穿衣服'。她走回客舱，卸了妆，穿上妹妹的衣服。记住，在小海湾里有人看见过两姐妹，之后再也没有人看到过她们在一起。布莱登夫人假扮成兰瑟去听讲座，只要装着沉重地叹息、自言自语，这样人们就会接受兰瑟的失踪是自杀的说法。我们注定会想，兰瑟是自己从船上跳下去的。如果运气好的话，尸体在小海湾至少在几天内不会被发现，这个时间长度足以支撑是被海流和风吹回岛上的想法。但正是在这一点上，普里姆罗斯影响了凶手的计划。"

"当'兰瑟'离开讲座时，普里姆罗斯也站了起来，跟着她到了长廊甲板。据一名目击者称，普里姆罗斯追上并抓住了她的袖子，不肯放她走。这位证人告诉我们，'安布罗斯小姐的身体僵硬了，试图挣脱自己的胳膊，好像想回到自己的客舱'。她做了，当然做得很糟糕。现在，姐妹俩中的一个必须消失，另一个得恢复自己的身份。但是，普里姆罗斯对'兰瑟'说了些什么，让她改变了主意。毫无疑问，普里姆罗斯应该暗示自己那天下午在小海湾里看到的一些奇怪事情。"

"当然，普里姆罗斯只是想证实自己的怀疑。兰瑟说自己不会游泳，其实一直在撒谎。她相信被自己带到前甲板上的这个女人是兰瑟，以要求隐私为借口，把对方带到游泳池边，推了进去。"

"那一刻，我碰巧在交谊厅的一扇开着的窗户前，我听到一声微弱的叫声和水花飞溅声。十秒钟后，声音又重复了一遍。事情发生的经过是这样的：普里姆罗斯在游泳池边，看那个女人会不会游泳。她游了几下，抓住孩子的脚踝，拖进游泳池里掐死了。我们不知道普里姆罗斯在去游泳池的路上说了什么，但她应该是目睹了小海湾里的谋杀。"

梅丽莎惊恐万分盯着奈杰尔，说道："这是最糟糕的，简直不敢相信！"

但奈杰尔并没有搭理她，而是继续向其他人讲话，仿佛梅丽莎是一个被放在椅子上的假人："另一名证人看到她以为的安布罗斯小姐急急忙忙地下来，朝客舱走去，头上盖着一块毯子。在从游泳池回来的路上，凶手从躺椅上抓起一块毯子，以掩盖她滴水的头发和衣服。当时还不到9点15分，距'兰瑟'离开讲座会场五分钟。"

"接下来,尼基进入梅丽莎的客舱。我不想详细说明这件事,但他在那里发现了一个赤裸的女人,浑身湿透,头发湿透,刚刚脱下湿衣服。布莱登夫人试图这样解释,她说去跳舞之前洗了个澡,正在穿衣服。她要我相信,一个在海里都一直戴泳帽的时尚女性,会在跳舞前洗个澡,而洗澡时却不戴浴帽。"

"尼基离开船舱后,她穿好衣服,重新化妆,大约二十分钟后,以梅丽莎的身份出现在舞会上。这是一个快速的变化过程,她没有时间把头发好好吹干,所以她在头发上喷了油。对此,彼得在舞厅看到后,曾评论说布莱登夫人的头发看起来湿漉漉的,在这样一个伤脑筋的时刻,对细节的关注是令人钦佩的——"

"住口!这太疯狂了!"梅丽莎喊道,"我刚刚想到了一件事,它可以证明我没有也不能冒充兰瑟。有人看见兰瑟在演讲会场上不是一瘸一拐的,对吧?后来在甲板上,也不是一瘸一拐的吧?但我的脚踝受了伤,我走路不可能不一瘸一拐的。我能吗?"

"当然,当然!"尼基兴奋地说,"我想这可以证明这位女士是无辜的。"

奈杰尔若有所思地凝视着她的脸,在浓妆下,她一脸的焦虑和扭曲:"恐怕不行。安布罗斯小姐走路很笨拙,而布莱登夫人的脚踝扭伤不严重,只是有点肿。她可以这么走路,下一点决心,以免露出一瘸一拐的样子。她甚至可以故意扭伤脚踝,以表现兰瑟的笨拙步态。"

尼基的表情垂头丧气起来。费思咬着她的指甲。本廷克-琼斯一脸幸灾乐祸的表情,好像一个目睹拳击场上致命反击的人。

"不,"奈杰尔慢吞吞地说道,"那不能令人信服,不过,还有更好的理由来证明梅丽莎不可能杀了她的妹妹。"

"看在上帝的分上!"本廷克-琼斯喊道。

"她没杀人吗?"费思说着,伴随着一阵急促和压抑的呼吸声。

奈杰尔冷漠地继续说:"我向你们概述的推测,是一个非常诱人的推测。事实上,它早就在我的脑海里,每一个新的事实都可以匹配。它涵盖了所有事实,但只有一个例外。"

"是吗?"这句话与其说是梅丽莎说出来的,还不如说是呼喊出来的。

"布莱登夫人谋杀她妹妹,没有可能的、可以想象的动机。"

"你怎么知道?"本廷克-琼斯咆哮道。

"你说她是无辜的?"尼基用一种不祥的、克制的声音问道。

"布莱登夫人是无辜的。"

"那么,"费思愤慨地说道,"为什么要这样胡说八道呢?好像一本老掉牙的侦探小说的结局。"

"费思,我很同意你的看法,你已经——说出来了。"梅丽莎用口语里的重音低声地挖苦着。

"是的,该死的,我们为什么要搞这个热闹的场面?折磨她,让我们都想想——"

奈杰尔严厉地打断尼基:"我以为你了解布莱登夫人。"

"了解她?"尼基目瞪可呆的样子看起来很愚蠢。

"足够了解的话,你就会知道她不是那种会杀人的女人。"

"哦，就是这样，"本廷克-琼斯冷笑道，"她没有杀人，因为她不是谋杀型的。上帝保佑我们远离业余侦探！"

奈杰尔不理他，而是看了一眼坐在椅子上的梅丽莎，看到对方下垂着肩膀，闭上眼睛，一幅放松、疲惫的姿势，奈杰尔转过身去："现在我们来看看费思，我们还没有查过她呢。"

"我？"费思猛地挺直身子，好像她身上的每一根神经都突然戒备起来了。驾驶台车钟又响了。透过窗户，可以看到船上起重机的机头，它们慢慢地昂然而过。可以听到蒙纳罗斯号引擎上螺丝拧反时发出的砰砰声。

"我？"费思叫道，脸色苍白，瘦弱的身体绷紧了。

"布莱登夫人，"奈杰尔说道，"恐怕这对你来说是一场折磨。剩下的我就饶过你吧。尼基，请你把她带回她的客舱，好吗？"

梅丽莎站起来，心不在焉地看了看其他人，对众人笑了笑，然后被尼基扶着一瘸一拐地向门口走去。就在她刚走出不到一码远的时候，费思用克制的、对话的语气说道："哦，布罗斯，你能——"

梅丽莎停了下来，不由自主地转过身来，就像女教师在黑板前，突然听到后面传来一些调皮或无礼的声音，一些耳语或沙沙声或咯咯笑声以后，转过身来制止。她立刻知道这个动作在其他人面前出卖了自己，只有奈杰尔意识到了这一点。人们眼睁睁地看着那张精致的、浓妆艳抹的脸变了，抽动着扭曲了，移开和粗化后，梅丽莎的面具渐行渐远，就像一场山体滑坡慢慢地抹去了一个悬崖的特征，兰瑟的脸和个性从面具下面裸露出来。化妆品还在，但已经无法凝聚成梅丽莎的幻象。

此时,人们也都意识到了这一点。兰瑟能从他们的眼神中看出来,她甚至没有试图虚张声势,本能——盲目、愤怒的自我保护的本能占了上风。她把门打开,甩开尼基的手。外面全副武装的水手挡住了她的去路,她抓水手的脸,水手摇摇晃晃后退,血从眼睛下面的一条皱纹里流出来。兰瑟向栏杆跑去,看见了下方不出水的混凝土码头区;她冲到船尾,跑下通往船甲板的梯子,又穿过甲板跑到右舷,但这里的栏杆挤满了乘客,当听到尼基"拦住那个女人"的喊声时,乘客们像羊一样转过身来。但是,还没等他们回过味来,兰瑟就已经上了长廊甲板,又一次向船尾移动,一瘸一拐的,急匆匆的,步履蹒跚,头巾在她身后飘荡。

尼基从救生艇甲板向下面船尾甲板上的一群船员呼喊,其中四个人开始向前跑,两个人向船的两边跑。兰瑟到达机舱舱口时,看见他们来了。舱门开着。在下面三十英尺的地方,安装在船底的涡轮机闪烁着油光光的水迹。船员还未跑到兰瑟那边,挤在栏杆旁的乘客们也未曾意识到出了什么问题,兰瑟·安布罗斯已经拖着脚步跨过了舱门的门槛,她头朝下倒在涡轮机中间,留下长长的尖叫声。那条黄色的围巾飘动着落在她破碎的头上。

2

"那么你认为我在继续写一本老掉牙的侦探小说?"奈杰尔假装

严肃地盯着费思说道。

费思在躺椅上扭动着:"好吧,这一切都是假把戏。在上一章中,你把犯罪案件依次归咎于每个犯罪嫌疑人。不过,我得说,当你最后转向我的时候,吓得我差点丢了魂儿。我想了一会儿,我一定是凶手,却没有想起这是我入场的提示。"她转向彼得,"斯特雷奇威先生在开会之前告诉过我,他会在某个节点时说,'现在我们来看看费思',这是一个信号。然后,就在布莱登夫人出去的时候,我一定要对她说点什么,用安布罗斯小姐的外号叫她,我是说,我还以为是布莱登夫人。我们就是这样把她抓出来的。"

"别幸灾乐祸,费思。"彼得压抑地说道。

"我并没有幸灾乐祸。不管怎样,她得到的一切都是罪有应得。"

"哦,你们这些年轻人,还有你们浅薄的道德判断!"克莱尔懒洋洋、慢吞吞地说道,"我想这是你的神经战,奈杰尔。"

"你想得对。即使那样,她也可能侥幸逃脱,所以我才伪造了一个对其他人不利的案子,然后再来对阵梅丽莎,她是最强大的。我必须一直让她的心悬着,慢慢地缓解紧张气氛,希望在她突然放松下来的那一刻,由于瞬间的不提防,把自己暴露出来。"

"在让我们相信她就是梅丽莎以后,发现你可以证明梅丽莎有罪。对她来说,这一定是地狱。"费思说道。

"是的,尤其是当我还原当时的情景时,几乎每一个细节都是那么正确,事实上兰瑟就是这么犯罪的。"

"你是说,可以是一种镜像?"克莱尔说道,"兰瑟杀了梅丽莎和普里姆罗斯，成功地模仿了她姐姐，现在她发现针对梅丽莎谋杀普里姆罗斯和兰瑟一案，你显然有充分的理由？她无法从牢笼中解脱出来，除非她承认自己是兰瑟，而承认这点就等于承认是她谋杀了梅丽莎。对她来说非常难处理。"

"正如我所说，如果她只是坐着不动的话，她可能会侥幸逃脱。可是，当我说梅丽莎是无辜的时候，紧张的气氛突然放松了，对她来说是喜出望外。"

"我不明白当你挨个指控每个人的时候，她为什么要继续留在这里。"费思说，"她肯定不敢说什么，怕泄露了她的秘密。"

"她不敢离开。你记得，我告诉过她两次，她可以自由地离开。假如她是无辜的，她早就走了，但她必须知道我对真相了解和推测到底有多少，所以她一直保持非常镇定的状态，直到我突然缓和了紧张气氛，她暴露了两次。"

"两次？"费思问道。

"是的，当然，在你称呼她'布罗斯'之后，但是在那之前，当你指责我的行为像一本老掉牙的侦探小说，她说，'费思，我很同意你的看法，你已经——说出来了。'她引用了俗语和方言，就像一个迂腐的女教师对小学生说话似的。梅丽莎永远不会像这样自觉地使用俚语表达。"

这四个人坐在冒着蒸汽再次东进的蒙纳罗斯号救生艇甲板上。在雅典，办手续只花了二十四小时多一点，主要是因为奈杰尔向警方作了长篇大论的陈述；当普里姆罗斯的验尸结果出来，梅丽莎的尸体也从卡林诺斯岛转送到雅典以后,他还得再回来一趟。两姐妹的合法身份只有在收到她们的牙医报告时,尸体才能被证实,但是,当局丝毫不怀疑奈杰尔对这一谜团的解答基本正确。因此,蒙纳罗斯号在加油后被允许恢复巡游。几乎所有的乘客都留在了船上,尽管本廷克-琼斯认为在雅典下船是合适的;杰里米告诉尼基,他计划一天也不多待,只按照合同规定的时间进行。

"你什么时候第一次怀疑是兰瑟的?"彼得问奈杰尔。他的眼睛下方出现了黑眼圈,外表看起来柔和了许多,在过去的几天里,他成长了很多,能预测到奈杰尔心中的想法,因为他冷静地补充道,"你不必介意,我不会放声大哭什么的。只有在我认为一定是梅丽莎干的时候——"他断了话头,嘴唇有点颤抖。

"第一次怀疑兰瑟?嗯,你知道,这又不是在一片火光中出现的。有一阵子我以为是梅丽莎。一旦所有的事实都指向在卡林诺斯岛发生的谋杀案,那一定是她或者兰瑟。但是梅丽莎没有任何动机,而兰瑟却有两个非常强烈的动机。"

"不,我指的是冒充。"

"哦,对兰瑟来说,扮成梅丽莎比梅丽莎扮成她容易多了。"克莱尔插嘴道。

"没错,我们都知道她长什么样,我们总是看到她那张不化妆的脸。不化妆,我们谁也不知道梅丽莎长什么样。兰瑟可以化装成梅丽莎。如果梅丽莎冒充兰瑟的话,在救生艇甲板上的讲座上,她就不得不卸妆,而她们不化妆,脸的差异会一目了然。"

"但是，兰瑟不可能扮成梅丽莎度过余生，"彼得说道，"她一定会露面的，我不知道她期待从做的可恶的事情中得到什么。"

"你错就错在这里，我最好先告诉你她的动机，再告诉你她打算做什么，最后告诉你实践中怎么完成。"

奈杰尔讲述了索尔韦主教给他讲的姐妹俩的童年往事，梅丽莎一直是父亲的宠儿，而父亲从来没有对兰瑟表达过爱意。"后来梅丽莎嫁给了一个有钱人，丈夫死后把所有的钱都留给了她。兰瑟虽然是一位才华横溢的学者，但作为一名女教师，她却是个失败者。最近她被解雇了，很可能再也找不到别的工作。而且，她还是一个讨厌男人的人，或者说至少和男人相处会不自在，所以她几乎没有机会结婚。她就有充分的理由去羡慕和忌妒她的姐姐，她中了怨恨和仇恨的毒。"

"可是梅丽莎会给她钱，资助她，非常慷慨。"彼得抗议道。

"我相信梅丽莎会的。但是想象一下，她是被迫接受的——来自所有人都可以，独独来自梅丽莎不可以！她的傲慢和怨恨根本无法容忍从那个来源得到救济，然后她精神崩溃了，她把一切都具体化到对姐姐的怨恨上了。"

"她疯了吗？"费思问道，"她一定疯了。"

"我不这么认为。但是崩溃使她走上了谋杀的道路。她给已经多年没见面的梅丽莎拍电报。梅丽莎为忽视了妹妹这么长时间而感到有些内疚，这次航行就是她补偿的一部分。姐妹俩眼睛的颜色相同，身高和身材相同，兰瑟可能看过梅丽莎没有化妆的样子，并意识到她们的面孔仍然像过去一样非常相似。主教曾经告诉过我，在她们童年的时候，兰瑟是一流的模仿者。兰瑟开始只是模模糊糊地在脑海里想象了一下模仿梅丽莎的可能性，然后就产生了谋杀她的念头。"

"可我就是不明白，"彼得说道，"她怎么能指望自己冒充梅丽莎度过余生呢？"

"你一定记得梅丽莎是个见异思迁的人，她丈夫死后，她从一个地方搬到另一个地方，从未在任何地方停留太久。兰瑟必须要做的全部，就是避开她那不安分的姐姐曾经生活过的地方，当然要远离梅丽莎的前情人。"

"这是一份不寻常的工作。"费思评论道。

"哦，闭嘴！"彼得说道，"别这么肮脏！"

克莱尔说："那钱呢？"

"梅丽莎没有孩子。我们可能会发现,她把所有的钱都留给了兰瑟。但是，兰瑟很聪明，意识到自己作为唯一的继承人，如果梅丽莎由于暴力死亡，她本人将成为第一个嫌疑人。所以她计划——"

"不，我是说兰瑟假扮成梅丽莎，怎么才能得到那笔钱？"克莱尔问道。

"哦，那还不简单？给经纪人、律师、银行经理或者不管是谁发送打印的信件，梅丽莎的签名是伪造的，她的账户要转到某某银行。但请注意，她一直在非常小心地研究梅丽莎的角色。梅丽莎在得洛斯岛告诉过我，尽管兰瑟以往多年来对她的生活毫无兴趣，最近却花了好几个小时询问她的生活、婚姻、旅行、朋友，等等。兰瑟在自我辩解说，只是以防万一遇到认识她姐姐的人。"

"啊,所以兰瑟才在游览过程中扮演了看门狗的角色。"克莱尔说道。

"是的,我们都注意到她是如何紧紧抓住梅丽莎的。她不能冒险让任何人和她姐姐独处时间长,在谈话中说些什么,以免自己在扮演梅丽莎这个角色的时候她不知道。一直存在这样的危险:梅丽莎会告诉别人,她妹妹小时候学过游泳。我们把这归因于对她来说的占有欲。但是,正如梅丽莎告诉我的那样,兰瑟以前一直是一种独立的、不黏人的类型。你可以想象她为什么欣然接受游轮旅行,因为如果运气好的话,船上就不会有梅丽莎或她自己的密友,如果有必要确认她姐姐的尸体,她将是唯一合格的人。"

"那么,这一切都是有预谋的?"

"千真万确,请注意,我猜想,犯罪的轮廓在她最初看来只是一种幻想,就像知识分子所做的那样:她玩味,详细制订,深思熟虑,直到被它迷住。毫无疑问,在她们来希腊之前,她一直在秘密练习梅丽莎的签名、化妆风格、声调,等等。她一定很早就决定了谋杀的方法应该是溺水,因为从一开始她就让大家知道她不会游泳,这样就不会被怀疑是不会游泳的她溺死了受害者。而跛行是否是最初计划的一部分,还是最后一分钟的精彩即兴表演,我就不得而知了。"

彼得说道:"那会不会是一次意外?在那条崎岖不平的小路上匆匆忙忙,为了赶上游轮——"

"哦,不。这对冒名顶替来说是绝对必要的。想想看。"

"有必要吗?我看不出来。"

克莱尔说道："我想是的。她可以模仿梅丽莎的声音，然后化妆，看起来和她一模一样。我想顺便说一句，她们离开英国之前，她留了和梅丽莎一样的发型。但梅丽莎是个优雅的女人，而兰瑟有一种相当笨拙的步态——"

"正是！如果你想伪装自己的话，最有可能出卖你的就是你走路的样子。但梅丽莎一旦一瘸一拐起来，那样子与兰瑟就不会有什么不同了，这就是为什么我对扭伤的脚踝如此好奇的原因。扭伤不是假的，她是故意扭伤的。"

"我觉得这太可怕了！"费思喊道，"她一直坐在帆布躺椅里，像蛇怪一样蜷缩在一起，她在计划如何做到这件可怕的事情。"

"是的，她在等待合适的时间和合适的地点，熟记这艘船的布局，最重要的是，展示一个没有完全康复的女人从精神崩溃到自杀的场面。我一会儿再谈这个问题。但有两点她没料到：你会在船上，费思，克莱尔和我也在船上。你和彼得以及你们的迫害运动对她来说是个大麻烦——"

"我对水肺的事感到抱歉，"彼得羞愧地说道，"我想这是一个相当愚蠢的把戏。"

"事实上，是我让他这么做的。"费思承认。

"是的，是吗？"克莱尔有点尖刻地说，"孩子们，人们总是告诉我，不应该玩火。"

"我恨她。要是你知道她在学校对我有多下流就好了！"

"哦，算了吧，费思！"彼得说道，"一切都结束了，你说话的口气好像她把你的一辈子都毁了似的。"

"然后是克莱尔,她那双训练有素的眼睛,看到了皮肤下面的头骨——骨骼结构的高度相似性。还有我,我受过训练的头脑和专业的求知欲。当她把我选作欺骗对象时,出现了一次糟糕的失误。"

"欺骗对象?什么意思?"

"一天晚上,克莱尔和我在甲板上散步,她用梅丽莎的声音叫我们。直到走到她跟前,我们都以为是梅丽莎。我后来才想起,卡林诺斯岛的小海湾给了兰瑟一个一直在等待的机会。你要知道,她是一个非常聪明的女人,也是一个非常无情的人。她的总体计划并不像你想象的那样鲁莽。她会淹死梅丽莎,换上对方的衣服,作为梅丽莎独自回到船上,把两张登陆卡一起交上来,说兰瑟感觉很不舒服,而且在自己回来之前就已经回来了。晚饭后,她会回客舱卸妆,穿上自己的衣服参加讲座,给人一种严重忧郁症的印象,然后她早早离开讲座,回到船舱,最后再以梅丽莎的形象出现。'兰瑟'的消失会被很自然地接受为自杀。尸体在人迹罕至的小海湾,在几天或几周之内,是不会被找到的。如果尸体真的被找到了,当局会认为她从船上跳下来后漂回了岛上。如果尸体在海上旅游结束之前被发现了,当局派人去确认身份,这个人就是兰瑟假扮的梅丽莎。在这种情况下,几乎不可能有这样的侦查。如果尸体在一段时间里没有被发现,就会无法识别。但兰瑟还是很担心有可能在梅丽莎身上发现可识别的标记,她试图阻止她姐姐在公共场所沐日光浴。在帕特莫斯的海滩上,她因为梅丽莎没有在比基尼上套浴袍而生气,我当时想这只是兰瑟拘谨罢了。哦,是的,我就是在这个海滩上,第一次观察到梅丽莎的柳条箱是随身携带的。"

"你是说她的登陆卡?"费思问道。

"是的。但还有其他一些东西,比如她的化妆用品。你明白重点了吗?"

"嗯,不,我想我没明白。"

"黎明就要到来了。好吧,我们有了兰瑟的计划大纲。她会杀死梅丽莎,成为梅丽莎,靠梅丽莎的收入生活,从此永远幸福地生活。然后,姐妹俩去了卡林诺斯岛那个荒凉的小海湾,兰瑟有时间、有地点,还有那个不被爱的人,所有这些都在一起。我们现在到了,"奈杰尔用质疑的目光望着彼得说道,"到了一段相当可怕的章节。"

"没关系。我能——我想明白。"彼得的嘴唇已经变得苍白。

"在兰瑟摆脱了查尔默斯一家以后,姐妹俩都在沐日光浴。假扮成梅丽莎的兰瑟告诉我她睡了一会儿。真正的梅丽莎可能确实面朝下,趴在那块平坦的岩石上,几乎没有穿衣服或根本没有穿衣服。我猜想,兰瑟把自己的衣服全都脱了,我们知道,在过去的几天里,她一直在晒日光浴,为了把她的皮肤晒成跟梅丽莎一样的灰黄色,此外,蒙纳罗斯号上的乘客总体上都是绅士和淑女,如果有人真的出现,面对两个裸体的女性,他们可能会转移视线。嗯,梅丽莎脸朝下趴着睡着了。兰瑟猛击她的后脑勺,把她打晕。梅丽莎的衣服就在附近,沾了点血,但这只是我的推测;兰瑟不得不马上把它投入大海,洗去血迹。但她先把自己的衣服穿在梅丽莎身上。这时,她发现柳条箱被碰掉了,正漂向大海。她立刻跳下去追。"

"因为梅丽莎的化妆品在里面,而兰瑟自己没有带?"克莱尔问道。

"我想是的。如果不能在当时当地化妆,她的整个计划就会失败。普里姆罗斯看到一个游泳者正在取柳条箱,就想一定是兰瑟,因为游泳者没有戴梅丽莎一直戴的那顶黄色浴帽。当兰瑟爬上岸时,她穿上了梅丽莎的衣服,戴上浴帽,给尸体也穿好了衣服。彼得看见她的时候,她正在做这些。她把尸体抬了起来,把套头衫套在头上,然后,她把尸体头向后仰,'啪'的一声摔在了岩石上。"

"就像是橱窗里的一个假人,"彼得喃喃地说,"噢,天哪!"

"是的,她不是一个尊重死者的人,而鬼自有鬼的运气。如果彼得当时没有离开,就会看到她把一个失去知觉的女人拖进海里,塞进那块悬垂的岩石下面淹死。然后,她洗了那件血迹斑斑的衣服,脸上化了妆。不久,她挪到了小海湾的另一边,以便在阳光下把衣服晾干。兰瑟作为梅丽莎,回到船上,暂时一切顺利。但是,之后普里姆罗斯和尼基两个人捣鬼,设法把一个简单的承诺复杂化。"

"尼基?怎么了?"彼得问道,声音里隐含着一丝忌妒。

"马上说这个。兰瑟用同样的方式杀死了可怜的普里姆罗斯,原因和我在起诉梅丽莎时描述的原因是一样的。"为了让其他两人听明白,奈杰尔概述了这一点。他接着说:"当兰瑟跟着普里姆罗斯走到前甲板上面的时候,从孩子暗示事情的方法上看,兰瑟怀疑孩子目睹了自己谋杀梅丽莎的过程。然后,普里姆罗斯把她推到游泳池里,她失去了理智,大发雷霆,把普里姆罗斯拖进游泳池勒死了。这是她犯的第一个严重错误。儿童被谋杀,兰瑟的'失踪'就不那么容易被认为是一个精神错乱的女人的自杀。嗯，兰瑟设法回到了客舱。她脱掉了湿透的衣服，尼基立刻蹦蹦跳跳地进来了。小屋里一片漆黑——"

"你是说，兰瑟没有开灯？到底为什么不开灯？"克莱尔问道。

"惊慌失措。她脑子里只有一个念头，就是脱掉会出卖她的湿衣服。这是一种简单的、本能的冲动，想留在黑暗里，直到她再次控制住自己。但是，尼基抓住了她。他认为那是心甘情愿的梅丽莎。但是，事实证明，他在黑暗中找到的这个裸体女人根本不愿意。她和他在沉默中进行了野蛮的搏斗。这一点我早就该明白了。"

"在沉默中？"费思问道，"我不明白。"

"如果彼得允许的话，我会说梅丽莎是一位经验丰富的女性。事实上，她有点像妓女。如果客舱里的女人是梅丽莎的话，她绝对不会被尼基吓坏，绝对不会打架，她会和他说话，让他平静下来，为当时不想要他找个借口，或者可能让他得手。但客舱里的女人挣扎着，表现得像个没经验的处女。她不敢喊，因为这可能会招来其他乘客，其他乘客会把灯打开，看到兰瑟在那里。即使这种情况没发生，如果她喊的话，尼基也可能听出这个声音不是梅丽莎的，因为对于兰瑟来说，突发的事情让她非常激动，她知道自己当时无法成功模仿梅丽莎的声音。嗯，她确实摆脱了尼基，然后穿着梅丽莎的衣服去跳舞，在湿漉漉的头发上喷了油，脸上化了妆。顺便说一句，她做得太过分了。黑尔夫人在舞会开始前，用晚餐时就对我说，梅丽莎的妆化得比平常还要浓。但那是兰瑟的麻烦，她做得太过了，就像那些天鹅。"

"天鹅？什么天鹅？"费思目瞪口呆地看着他，问道。

"兰瑟几乎自始至终都表现得非常理性。"奈杰尔说道,好像他没有听到这个问题似的,"当然,她是一个极其聪明的女人。例如,她从来没有尝试过怀疑别人;她坚持自己原来的计划,即使是在普里姆罗斯插进来,事情变得非常复杂的时候。当我跟她单独说话的时候,也就是谋杀案发生后的第二天早上,她忍住了诱惑,没有多说。"

"那么,你知道她其实是兰瑟吗?"彼得问道。

"我知道和我说话的那个女人一定是兰瑟,除非我曲解了每一条证据。但我必须承认,确实有时简直不敢相信她其实不是梅丽莎。她有着梅丽莎的声音、眼睛和姿势。这些特征不知何故,难以确定,只是更粗糙而已,但也可能是由于震惊和悲伤的影响。她说的话确实比我听到梅丽莎说的更聪明。但总的来说,她给梅丽莎的个性留下了令人难以置信的印象。"

"我一点儿也不惊讶,"克莱尔说,"她一直忌妒她的姐姐,正如她还是一个小女孩的时候,她非常想成为梅丽莎,成为父亲的爱女。我毫不怀疑,在那些日子里,她经常有意识和无意识地模仿梅丽莎。"

"是的,这是一个很好的观点。她唯一一次看起来很不安,就是在那次讯问中,当我提出湿衣服的问题时,她不禁想起洗掉的血迹。然而,她很快恢复了镇静,给了我一个自然的解释。不,除了做事有些过的倾向之外,她过渡得非常好。"

"我想又像那些神秘的天鹅了吧?"费思带着调皮的神情说道。

奈杰尔再次忽视了这个问题:"梅丽莎是一个相当无情的人物,她承认自己是个自私的女人。现在我想她永远也不会对妹妹的死感到震惊和沮丧。毕竟，兰瑟威胁过要自杀，就像那个假冒的梅丽莎自称的一样。"

"如果她犯了谋杀罪，她会的。"

"当然可以，彼得。但是梅丽莎从来没有任何能想得出的理由要杀兰瑟。但如果是相反的情况，就像我相信的那样，兰瑟需要所有她能得到的喘息和不受公众干扰的状态，所以这个假梅丽莎夸大了震惊的自然效果。事实上，如果不是我在那里干涉的话，我相信她还是可以逃脱的，尽管有普里姆罗斯把案情复杂化了。"

"如果希腊警察像尼基一样敏感的话，她会逃脱的。"克莱尔说。

"他们不会对她施加太大压力。如果运气好的话，她可以指望他们接受这样的推测。兰瑟有过头脑风暴，谋杀了普里姆罗斯，然后她自己从船上跳了下来。兰瑟一直在渲染她的紧张情绪，好几天都像疯了一样，而且——"

"像天鹅一样？"费思接口道。

"天鹅到底是怎么回事？"彼得问道。

"我可以告诉你，"克莱尔心不在焉地说，"天鹅的翼尖里有蚂蚁。"

"这当然可以解释一切。"彼得冷淡地说道。

"是的，你知道，"奈杰尔说道，"从航行一开始，我就为兰瑟的行为感到困惑。每当汽笛一响，她就吓得跳了起来。她坐在甲板上，看起来像一块被痛苦浸透的面团。她抽搐着，畏缩着，勃然大怒。她在杰里米第一次演讲时大吵大闹，她在帕特莫斯的山洞里大吵大闹，我对此表示同情。她在刻意地制造心理素质不稳定的印象。唉，如果她的身体真的那么糟糕，医生是决不会让她离开疗养院的。梅丽莎告诉我，那天在得洛斯——"

"那天梅丽莎在得洛斯对你说了很多。"克莱尔插话道。

"是的，她告诉我，医生说兰瑟可以上游轮了，她'已经度过了最糟糕的时期'。但兰瑟现在告诉梅丽莎，她觉得人间没有什么值得活下去，不能再活下去了，等等。所以我开始想知道，这样装病是为了什么。为什么要这样公开展示自己的自杀倾向？但我敢说，我的心如果不是因为航行前几个月发生了一些事，我永远不会往这方面想。"

"啊，现在我们终于得出结论了。"费思说道。

"是的，我和克莱尔在海德公园的蛇形湖边散步时，看到一群天鹅的行为非常奇特。"奈杰尔详细描述了这一场景，"所以，克莱尔说了一些轻浮而无情的话，说天鹅正遭受着蚂蚁的折磨。"

"你说它们一定是精神崩溃了。"克莱尔插嘴道。

"那么你当时说了什么，亲爱的？"

"我想不起来了。毫无疑问，是既掷地有声又聪明睿智的话。"

"是的，超出了你的想象。你说'好吧，如果它们是精神崩溃了，那做得也太拙劣、太过分了'。"

图书在版编目（CIP）数据

游轮魅影／（英）尼古拉斯·布莱克著；张白桦译
. ―― 上海：上海文艺出版社，2023
（尼古拉斯·布莱克桂冠推理全集）
ISBN 978-7-5321-8712-6

Ⅰ. ①游… Ⅱ. ①尼… ②张… Ⅲ. ①推理小说－英国－现代 Ⅳ. ① I561.45

中国国家版本馆 CIP 数据核字（2023）第 042932 号

游轮魅影

著　　者：[英] 尼古拉斯·布莱克
译　　者：张白桦
责任编辑：田　芳
装帧设计：周艳梅
版面制作：费红莲
责任督印：张　凯

出版：上海文艺出版社
出品：上海故事会文化传媒有限公司
　　　（201101 上海市闵行区号景路159弄A座3楼 www.storychina.cn）
发行：上海文艺出版社发行中心
　　　（上海市闵行区号景路159弄A座2楼206室）
印刷：上海中华印刷有限公司
开本：889毫米×1194毫米　1/32　印张7.625
版次：2023年6月第1版　2023年6月第1次印刷
ISBN：978-7-5321-8712-6/I.6862
定价：45.00元

版权所有·不准翻印

上海故事会文化传媒有限公司出品（01121）www.storychina.cn

想看更多精彩故事？
扫码下载故事会APP

上海故事会文化传媒有限公司所有图书可办理邮购，免收邮费（挂号除外）
汇款地址：上海市闵行区号景路159弄A座2楼206室（201101）
收款人：上海故事会文化传媒有限公司出版发行部
联系电话：021-53204159
如发现本书有质量问题，请与印刷厂质量科联系T：021-60829062